KB268353

長虹貫日

장홍관일

월인 新무협 판타지 소설
FANTASTIC ORIENTAL HEROES

장홍관일 3

월인 新무협 판타지 소설

초판 1쇄 찍은 날 § 2010년 2월 22일
초판 1쇄 펴낸 날 § 2010년 2월 26일

지은이 § 월인
펴낸이 § 서경석

편집장 § 문혜영
편집 § 서지현

펴낸곳 § 도서출판 청어람
등록번호 § 제1081-1-89호
등록일자 § 1999. 5. 31
어람번호 § 제2-1893호

주소 § 경기도 부천시 원미구 심곡2동 163-2 서경B/D 3F (우) 420-822
전화 § 032-656-4452팩스 § 032-656-4453
http://www.chungeoram.com
E-mail § chungeoram@chungeoram.com

ISBN 978-89-251-2095-9 04810
ISBN 978-89-251-2064-5 (세트)

3
파황객(破荒客)

장홍관일

長虹貫日

월인 新무협 판타지 소설
FANTASTIC ORIENTAL HEROES

第二十三章

구출(救出)

장흥관일

"난 그럴 수 없네."

조양방주의 장남 염지상은 적기대주 차호득(車鎬得)을 향해 목소리를 높였다.

염지상의 의도와는 아무 상관 없이 적기대를 이끌고 온 차호득은 차기 방주 직은 당연히 장남의 것이란 당위론을 내세우며 분란을 조장하고 있었다. 그의 곁에서 몇몇의 조장들도 맞장구를 치며 염지상을 설득하려 애를 썼다. 그러나 염지상은 계속 고개를 흔들며 그들의 숙소로 돌아갈 것을 명했다.

"대인!"

차호득은 다시 염지상을 불렀다.

벌써 몇 시진째 설득 작업을 벌이고 있었지만 염지상은 요지부동이었다.

"아버님께서 멀쩡히 살아 계시네. 이럴 순 없는 일이야."

염지상은 여전히 완강한 모습으로 고개를 흔들었다.

"그 마음이야 누가 모릅니까? 하지만 대인께서 거절하신다면 동생이신 염지검 대인에게로 모든 것이 넘어갑니다. 이미 흑기대와 황기대가 염지검 대인을 지지했으니 현재로선 동생의 세력이 가장 강합니다. 지금 선수를 치지 않으면 대인께서 당합니다."

적기대주 차호득은 위기감을 조장하며 끈질기게 물고 늘어졌다.

자신들 계획의 가장 큰 걸림돌은 바로 장남 염지상이 될 것이라고 미리 예상했지만 이건 예상보다 더 큰 걸림돌이었다. 그러나 이 걸림돌만 제거하고 나면 모든 것은 순조롭게 돌아가서 조양방은 새로운 질서를 구축하게 된다는 생각으로 차호득은 설득을 거듭했다.

"그럼 우리가 아버님의 처소로 가서 힘을 합치면 될 것이 아닌가. 회기대와 녹기대가 아버님 처소로 가 있으니 지금 우리가 합세하면 동생도 섣부른 행동은 못할 것이네."

염지상은 금방이라도 일어날 태세를 잡았다.

"그건 안 됩니다. 황기대 놈들이 우리뿐만 아니라 조금 전에는 회기대도 공격했답니다. 그래서 지금 그곳으로 가면 습격으로 여기고 오히려 우리를 공격할 것입니다. 그렇게 되면 염지검 대인만 어부지리를 얻게 됩니다. 이미 기호지세입니다. 그러니 대인은 대인대로 세력을 구축하고 만일에 대비해야 합니다. 지금은 스스로를 돌보지 않으면 제거당할 뿐입니다.”

이번에는 적기대 일조장 구용적(具容赤)이 핏대를 세우며 당위성을 설명했다.

“그렇습니다. 우리가 대인을 지지하여 이곳으로 몰려온 순간부터 우리의 목숨은 대인의 행동 여하에 달려 있습니다. 대인께서 우리의 간청을 거절하시면 우리는 구심점을 잃고 사방의 적들에게 제일 먼저 도륙당하게 될 것입니다.”

다른 조장 하나도 잘 짜진 대본을 읽듯이 말을 쏟아냈다.

“그만!”

염지상이 세차게 머리를 흔들며 고함을 질렀다.

대체 어쩌다 일이 이렇게 되었단 말인가?

이런 일이 일어나려면 그전에 여러 가지 조짐이 보여야 한다. 하지만 어제까지만 해도 아무런 이상이 없었다. 그런데 단 하루 만에 갑자기 분란이 일어난 것이다.

‘이건 필시 무슨 음모가 있다.’

염지상은 재차 그런 심정을 굳혔다.

부친의 중독 소식을 듣고 급히 부친의 처소로 달려갔다. 그리고 그곳에서 비밀 장소로 피신한 부친을 만나지도 못한 채 부친의 중독 소식이 사실이란 것만 확인하고 하늘이 무너지는 듯한 심정에 바닥에 주저앉고 말았다.

충격에서 채 깨어나기도 전에 각 부대들이 이장로와 자신, 그리고 동생을 지지하며 자리를 이탈했다는 보고를 들었다. 즉시 자신의 처소로 달려오니 적기대가 처소 주변에서 진을 치며 자신을 향해 환호성을 질러댔다.

이건 정말 이상했다. 아무리 방주가 중독된 비상 상황이라고 하지만 이렇게 모든 것이 신속하게 이루어질 수가 없다.

'그렇다면⋯⋯.'

염지상의 눈이 순간적으로 빛을 발했다.

"잠시 혼자 있을 시간을 주게. 지금은 너무 혼란스러워 무슨 결정을 내릴 수가 없네."

염지상이 피곤한 기색과 함께 손을 내저었다.

"알겠습니다. 하지만 너무 오래 생각하지는 마십시오."

적기대주 차호득이 고개를 끄덕이며 조장들에게 눈짓을 했다.

차호득과 함께 적기대 조장들이 모두 나가자 염지상은 벽에 걸린 검을 챙겼다.

지금까지 너무 혼란스러워 간과했는데 시간이 갈수록 자신은 지지를 받는 것이 아니라 감금을 당한 것 같은 생각이 들었다.

'그렇다면 아버님도⋯⋯?

염지상은 고개를 흔들었다.

아버지 곁에는 수석장로와 다른 장로들, 그리고 친위대가 진을 치고 있으니 그럴 가능성이 적었다. 그리고 아버지를 지지하는 회기대주는 누구보다 아버지와 친분이 두터웠다.

염지상은 방문을 열었다.

검을 든 염지상을 본 적기대주 차호득과 그의 부하들이 움찔 몸을 굳혔다.

"아버님을 다시 만나볼 생각이네."

염지상이 낮은 목소리로 말했다.

"안 됩니다. 대인께서 그곳으로 가시다가 변이라도 당하면 우린 끈 떨어진 연 신세가 되어 제거당하게 됩니다."

일조장 구용적이 완강한 어조로 말하며 앞을 막아섰다.

챙—

염지상이 검을 뽑아 구용적의 목에 갖다 댔다.

시퍼런 검인이 금방이라도 목줄을 자를 듯 다가들자 구용적은 더 이상 아무 말도 못하고 적기대주만 쳐다보았다.

"아무래도 첫 번째 계책은 취소해야겠군."

적기대주 차호득이 뜻 모를 말을 중얼거렸다. 그러자 기다렸다는 듯이 문이 열리며 한 사내가 들어왔다.

도관을 머리에 쓰고 도포를 걸친 도사 복장의 사내였다.

도포와 도관만 아니라면 사내의 체격과 얼굴 생김새가 염지상과 매우 흡사하다는 것을 느낄 수 있었다.

"역시 무리인가? 너무 서둘러 시행한 때문에 부작용이 크군."

도포 차림의 사내는 염지상을 쳐다보며 싱긋 웃음을 흘렸다.

그 웃음 역시 자신과 너무 닮았다는 것을 인식한 염지상의 뇌리로 불길한 기운 한 가닥이 빠르게 스쳐 갔다.

"누구냐, 네놈은?"

사내가 결코 진짜 도사가 아님을 느낀 염지상이 구용적에게 겨누었던 검을 사내에게로 향하며 질문했다.

"당신의 대역!"

"대역?"

염지상은 자신의 불길한 예감이 들어맞는 것에 검을 다잡았다. 이놈들은 상황이 여의치 않으면 자신을 제거하고 도사 복장 사내를 자신으로 꾸며 일을 도모할 생각인 것이다.

"대역이 왔으니 당신은 그만 사라져 주어야겠지?"

차갑게 외친 도포 차림의 사내가 갑자기 손을 뻗어 염지상의 검을 쳐왔다.

도포 자락 속에서 순간적으로 불쑥 튀어나온 손은 시위를 떠난 화살처럼 빨랐다.

놀란 염지상이 움찔 검을 쳐올렸다.

따앙—

사내의 손등에 가격당한 염지상의 검이 비명을 토했다.

“헛!”

단단하기 이를 데 없는 자신의 청강검이 물결치듯 흔들리는 것을 느낀 염지상이 헛바람을 들이켰다.

검을 통해 손목을 찌르르 울리는 진동이 거세게 밀어닥쳤다.

하마터면 그 충격파에 검을 놓칠 뻔한 염지상은 이를 악물고 검을 휘둘렀다.

“타앗!”

도포 차림의 사내가 다시 손을 휘둘러왔다.

“하앗!”

염지상도 마주 검을 휘두르며 사내의 팔을 잘라갔다.

염지상의 검에서 조양십이검의 열두 초식 중 춘풍양류(春風楊柳)의 초식이 세찬 검풍을 일으키며 쏟아져 나왔다. 자칫 잘못 걸렸다가는 단번에 몸뚱이가 두 동강 날 만한 힘이 실린 검격이었다.

“만만치 않군!”

염지상의 검초가 예상외로 무겁다는 것을 느낀 도포 차림 사내가 얼른 손을 거두며 뒤로 한 발 물러섰다.

표홀하게 물러서는 사내의 보법이 구름을 밟는 것 같았다.

“정체를 밝혀라!”

염지상이 재차 검을 휘두르며 짓쳐들었다.

“대역이라니까.”

사내가 미소를 지으며 여유있게 염지상의 검을 또 한 번 피했다. 그리고는 끈으로 묶어놓았던 도포의 소매를 풀어 내렸다.

도포의 넓은 소매가 아래로 흘러내리며 사내의 하반신을 완전히 가려 버렸다. 저 상태에서 퇴법을 펼치면 시야를 가린 소매에 의해 훨씬 음험할 것이다.

머릿속에 경종이 세차게 울리는 것을 느낀 염지상은 불끈 내력을 끌어올리며 도포 차림의 사내를 쳐나갈 자세를 잡았다.

그때 바깥에서 소란이 일었다.

"무슨 일이냐?"

일조장 구용적이 고함을 쳤다.

"큰일 났습니다!"

적기대 대원 하나가 급하게 뛰어들었다. 그리고는 숨을 헐떡거렸다.

"어서 말해라!"

구용적이 사내를 재촉했다.

침을 한 번 꿀꺽 삼킨 사내가 서둘러 입을 열었다.

"이장로를 지지했던 청기대가 무장을 해제한 채 숙소로 돌아갔다는 보고입니다."

말을 마친 사내가 긴장한 눈으로 적기대주 차호득을 쳐다보았다.

"그게 무슨 소리냐? 그들이 왜 그런 짓을 한단 말이냐?"

차호득이 불신에 사로잡힌 눈으로 사내를 향해 고함을 쳤다.

"방주의 친위대장이 부하 열 명과 함께 나타나 청기대주와 이장로의 목을 베었다고 합니다. 그래서 사기가 죽은 청기대가 항복을 하고 무장을 해제한 채 숙소로 돌아갔다는 소식입니다."

사내는 자신이 말을 하고도 안 믿어진다는 표정을 했다.

말을 하는 당사자가 그런 표정이니 다른 사람들은 더더욱 그러했다.

"말이 되는 소리를 해라. 친위대장의 무공이라면 내가 더 잘 안다. 그는 절대로 우리 대주들 수준 이상이 아니다. 그런 그가 겨우 열 명의 부하만 데리고 청기대주도 모자라 이장로까지 목을 베었단 말이냐? 만조강 이장로는 청기대주와 친위대장이 한꺼번에 달려들어도 힘든 사람이다."

적기대주 차호득이 눈을 부릅뜨며 마주 소리쳤다.

"저만 본 게 아닙니다. 동료 다섯 명도 똑같이 보았습니다. 이장로와 청기대주의 시신은 보지 못했지만 청기대는 지금 모두 자신들 숙소로 돌아갔습니다. 그건 확실합니다."

사내가 동료들까지 내세우며 자신의 말에 힘을 실었다.

"후후! 네놈이 누군지는 모르겠지만 네놈들의 계략이 뿌리째 흔들리는 모양이구나."

　사내들의 대화를 유심히 듣고 있던 염지상이 조소를 흘리며 검을 들어 올렸다.
　"지금이라도 늦지 않았으니 모든 걸 포기하고 청기대처럼 숙소로 돌아가라. 그럼 목숨은 보장하겠다."
　염지상이 적기대주를 쳐다보며 말했다.
　"개소리!"
　적기대주가 이를 악물며 고함을 쳤다.
　자신이 아는 한 각 대주들은 끝까지 싸우며 공멸에 가까운 피해를 내고 나서 다음 단계의 계획을 실행해야 한다. 그런데 벌써 한 축이 무너진다면 황기대의 습격으로 살기등등하던 부하들이 동요하게 되고 다음 계획은 실행에 옮기지도 못한 채 사전에 수포로 돌아갈 수가 있다.
　'대체 청기대주와 이장로가 어떻게 그렇게 쉽게 죽을 수 있단 말인가?'
　차호득은 도무지 풀리지 않는 의문에 머리가 터질 지경이 되어 도사 차림의 사내를 쳐다보았다.
　"이렇게 된 이상 어서 다음 계획을 실행에 옮겨야 하오!"
　도사 차림의 사내가 빠르게 내뱉으며 차호득을 재촉했다.
　"너희들은 부하들이 동요하지 않게 단속해라."
　차호득은 조장들과 대원들에게 지시를 내리며 검을 뽑았다. 두 사람이 합공으로 염지상을 잡을 생각이었다.
　"어리석은 놈!"

염지상이 차가운 눈으로 차호득을 바라본 후 득달같이 검을 휘둘렀다.

쌔애액—

청강검이 바람을 가르며 차호득의 정수리로 떨어져 내렸다.

방주의 장남으로 조양십이검을 완벽하게 익힌 그는 대주들보다 한 수 위의 무공을 소유하고 있었다. 그러기에 적기대주와 일대일이라면 수십 초 안에 결판을 낼 수가 있을 터였다. 하지만 지금은 적기대주 옆에 도관을 쓴 정체불명의 사내가 하나 더 있다는 것이 문제였다.

"내게 맡기시오!"

무황성 교룡각의 십이단주 중극도는 적기대주를 밀치며 손을 흔들었다.

펄럭—

바람에 옷자락이 날리는 소리와 함께 중극도가 착용한 도포의 소맷자락이 철판처럼 빳빳해지며 염지상의 검을 쳐나갔다.

깡!

검이 도포 자락을 두드렸는데 쇳소리가 울렸다.

'철수공(鐵袖功)!'

염지상은 눈을 크게 떴다. 철수공은 불문이나 도문에서 소매에 공력을 불어넣어 소맷자락을 철판처럼 단단하게 만들어

병장기에 대항하는 무공이었다. 그것을 펼치려면 막강한 공력을 쏟아 부어야 하는데, 이자는 철포수를 능란하게 펼쳤다. 그건 이놈의 공력이 그만큼 강하다는 말이었다.

'득보다는 실이 많겠군.'

염지상은 눈살을 찌푸리며 다시 검을 휘둘렀다.

우우웅—

바로 아래 동생 염지검과는 달리 소의 걸음처럼 무겁고 충실하게 익힌 조양십이검이 무거운 진동음과 함께 청강검 끝에서 펼쳐졌다.

파라락—

중극도의 소맷자락이 아까보다 훨씬 더 세차게 펄럭거렸다.

'우웃!'

염지상은 경호성을 삼켰다.

이번에는 중극도의 소맷자락이 철판처럼 딱딱하게 부딪쳐 오는 것이 아니라 교룡의 힘줄처럼 질긴 기운을 담고 검을 휘감아오고 있었다.

뒤늦게 그것을 느낀 염지상이 급히 검을 회수했지만 중극도의 소맷자락은 어느새 염지상의 검을 칡넝쿨처럼 옭아매고 있었다.

"하앗—"

검을 회수하려던 의도를 접은 염지상이 기합성과 함께 소

맷자락을 베어나갔다. 그 순간 중극도의 다른 소맷자락이 염
지상의 안면을 때려왔다.

염지상이 검을 들지 않은 왼손을 황급히 뻗어 소매를 때렸
다.

퍼엉—

폭음이 일며 신음을 삼킨 염지상이 두어 걸음 뒤로 물러났
다.

악착같이 검을 놓지 않아 중극도의 소매에 감싸여진 검은
겨우 회수했지만 왼손으로 다 쳐내지 못한 중극도의 또 다른
소매가 어깨를 두드려 기혈이 뒤틀리고 있었다.

'어디서 이런 놈이……'

염지상은 이를 악물며 진기를 다스린 후 중극도를 쳐다보
았다.

정체를 알 수 없었지만 무공은 자신보다 한 수 위였다.

이런 놈들이 스며들어 설쳐 대니 조양방이 하루아침에 벌
집을 쑤셔놓은 꼴이 되었다는 생각이 들었다.

대체 이놈들이 왜? 그리고 얼마나 많이 조양방에 숨어들었
단 말인가?

아니, 그것보다 그동안 자신은 무엇 하느라 이런 놈들이 조
양방을 좀먹고 있는 것도 몰랐단 말인가?

우려와 회의가 한꺼번에 염지상의 가슴을 쳤다.

'가족들은……'

또 다른 우려가 뇌리로 음습해 왔다.

자신을 이렇게 핍박하며 대역까지 준비한 놈들이라면 가족들에게도 마수를 드리웠을 것이다.

'가족들을 먼저 구해야 한다.'

조급한 마음이 가슴을 가득 메운 염지상은 다시 검을 쳐들었다.

"이번에는 최후의 절기를 펼쳐 보시오. 길게 상대해 줄 시간이 없으니 말이오."

중극도가 비릿하게 웃으며 두 손을 앞으로 내밀었다.

펄럭!

도포의 넓은 소맷자락이 더욱 세찬 바람을 일으켰다.

"하앗―"

염지상이 조양십이검의 마지막 초식인 단혼일참(斷魂一斬)의 초식을 펼치며 짓쳐들었다.

"좋은 수법!"

중극도가 탄성을 토하며 두 팔을 어지럽게 흔들었다.

파파팍―

큰 방패처럼 변한 도포의 소맷자락이 단혼일참의 검초를 막으며 염지상의 가슴을 쳐왔다.

펑! 하는 폭음과 함께 답답한 신음을 토한 염지상이 주르르 뒤로 물러났다.

갈비뼈가 몇 개는 금이 간 것 같은 느낌이 들며 숨을 쉬는 것도 힘이 들었다.

"아직 시작도 하지 않았다."

중극도가 두 팔을 동시에 휘두르며 염지상의 상체를 때려 왔다.

염지상이 필사적으로 검을 쳐올려 막았지만 금이 간 갈비뼈에서 느껴지는 극심한 통증에 제대로 된 검초를 뿌릴 수 없어 어깨를 고스란히 철수공의 소매에 내줄 수밖에 없었다.

"울컥!"

왼쪽 어깨가 통나무에 맞은 것 같은 충격을 받은 염지상이 결국 한 모금 선혈을 토했다. 그리고는 털썩 바닥에 주저앉았다.

백지장처럼 창백한 그의 얼굴에 절망감이 드리워졌다.

가족을 구하기는커녕 이젠 자신의 목숨도 보존하지 못하게 되었다. 그리고 다시는 부친의 얼굴도 보지 못할 것이다.

'아버님!'

염지상의 뇌리에 부친의 얼굴이 떠올랐다.

이럴 줄 알았으면 이곳으로 돌아오지 말고 차라리 부친 곁에서 싸우다 최후를 맞는 게 나았을 것이란 생각이 들었다.

"더 놀아주었으면 좋겠지만 시간이 촉박하니 어쩔 수 없다. 그만 가라."

중극도가 소매를 대감도처럼 빳빳하게 세워 염지상의 목을 베고 들어갔다.

검을 들어 올릴 힘마저 상실한 염지상이 눈을 질끈 감았다.

패애앵!

칼날같이 빳빳한 소매가 염지상의 목을 베려는 순간, 섬뜩한 파공음과 함께 시커먼 막대기 하나가 무시무시한 속도로 회전하며 문을 뚫고 날아들었다. 막대기에 실린 힘이 너무 커서인지 문은 조금도 흔들리지 않고 구멍이 뚫리는 소음조차 거의 들리지 않았다.

"어헉!"

중극도는 비명을 지르며 소매를 쳐올렸다.

파파팡—

묵색 막대기에 부딪친 소매가 유리 조각처럼 깨어지며 허공으로 튀어 올랐다. 그리고는 허공에서 힘을 잃고 나풀거리며 떨어져 내렸다.

第二十四章

조양패의 용인(容認)

장홍관일

중극도는 경악에 찬 눈으로 소매를 부숴 버린 막대기를 쳐
다보았다.

패애앵—

막대기는 여전히 처음의 힘을 유지한 채 허공을 선회하여
뚫려진 문을 통해 밖으로 날아갔다.

중극도는 남아 있는 왼쪽 소매로 문을 때려 부쉈다.

콰앙—

문이 박살 나며 조각들이 흡사 대포의 파편인 듯 밖으로 쏘
아졌다.

웬만한 무인들이라면 그 파편에 맞는 것만으로도 큰 상처

를 입을 터였다. 그러나 무지막지한 속도로 바깥을 향해 쏟아져 나가던 파편은 어느 일정 공간에 이르자 커다란 쇠구슬에라도 부딪친 듯 옆으로 방향을 틀거나 튕겨 나갔다.

둥근 쇠구슬같이 변한 공간 속에 한 인영이 우뚝 서 있었다.

중극도는 두 눈을 끔벅거리며 인영을 쳐다보았다.

우선 너무나 젊었다. 아무리 많이 쳐준다 해도 스물다섯을 넘긴 것 같지 않은 청년이었다.

그래서 중극도는 눈을 한 번 더 끔벅거렸다.

허공에 부유하던 문의 파편이 걷혀지자 청년의 모습이 조금 더 선명하게 눈에 들어왔다.

관옥 같은 용모에 군살 하나 없는 몸매는 하루 종일 책상머리에 앉아 있는 서생을 방불케 했다. 다른 곳에서 마주쳤다면 무공을 익히지 않았다고 생각할 것 같았다.

그런 생각에 중극도는 막대기의 주인이 이 청년이 맞는가 하는 의문과 함께 시선을 아래로 내렸다.

청년이 막대기의 주인이 분명했다.

청년의 손에 방금 자신의 도포 자락을 유리 조각처럼 부숴 버린 막대기가 들려 있었다.

푸르스름한 광채와 함께 극강한 회전력으로 허공을 선회하며 자신의 철수공을 무력화시킨 막대기는 뜻밖에도 옥피리였다.

중극도는 잠시 동안 옥피리에 시선을 고정시켰다.

평범한 옥피리 그 이상도 그 이하의 모양도 아니었다. 어느 부분에도 움푹 파이거나 휘어진 부분이 없었다.

'그런데도 선회하며 되돌아갔단 말이지?

중극도의 눈살이 절로 찌푸려졌다.

목표물을 박살 낸 후 그것을 자기 손으로 다시 회수하는 것은 그만큼 공력을 더 소모하는 일이니 그만큼 더 고수라는 말이었다.

중극도는 긴장의 끈을 조이며 청년의 뒤쪽을 살폈다.

다행히 조력자는 없는 듯했다. 일단은 그것이 한시름 놓게 했다.

중극도는 멍하니 청년을 보고 서 있는 적기대주와 다른 사람들을 향해 눈짓을 했다.

정신을 차린 적기대주와 몇 명의 조장들, 그리고 중극도의 부하들이 신속히 움직이며 청년의 퇴로를 차단했다.

"누구냐, 네놈은?"

중극도는 비로소 불청객의 정체를 물었다.

회기대 이십조의 복장을 하고 있었지만 절대로 그럴 리가 없었다.

"당신 동료들이 나보고 암중인이라고 하더군."

무영이 위건화로부터 얻은 별명으로 자신을 소개했다.

"암중인! 네놈이?"

포성처럼 터져 나온 중극도의 목소리가 실내를 울렸다.

조양방 괴멸 작전을 숙지하는 마지막 순간에 위건화로부터 암중인에 대해서 들었다. 그리고 지금까지의 모든 시행착오가 그 때문이란 것도 알았다.

좀처럼 믿어지지 않았지만 위건화의 말이 사실이라면 암중인은 위건화에 버금가는 고수라는 판단을 하게 만들었다. 그래서 되도록 마주치지 않기를 바랐다. 그런데 제대로 시작도 하기 전에 마주쳐 버린 것이다.

'재수 옴 붙었군.'

중극도는 쓴 입맛을 다셨다. 그러면서도 감탄스런 마음 한 가닥이 일었다. 저 나이에 성주의 제자들만큼 성취를 이룬 사람이 또 있을 것이라고는 생각지 않았기 때문이다.

중극도는 잠시 동안 무영의 얼굴을 찬찬히 훑었다.

모든 기색이 안으로 갈무리되어 무영의 얼굴에서는 아무것도 읽어낼 수가 없었다.

'좋아!'

중극도는 입가에 한 가닥 미소를 피워 올렸다.

이따금씩 성주의 제자들과 무공을 겨루고 싶다는 생각을 해보았다. 그로 인해 자신의 실력을 저울질해 보고 싶었다. 물론 상대가 안 되겠지만 무인 특유의 호승심은 어쩔 수 없었다.

지금이 그 호승심을 터뜨릴 수 있는 기회였다.

혼자서만 상대하는 것도 아니니 최악의 경우라도 목숨은 구할 수 있을 것이다.

중극도는 품속에 손을 넣어 판관필을 꺼내 들었다.

오른쪽 소매가 터져 나갔으니 그것을 판관필로 대신할 생각이었다. 또한 철수공과 함께 펼치는 판관필 공격은 그 위력을 배가시킨다. 철수공을 펼치며 소매가 상대의 시야를 가리는 순간 찔러 들어가는 판관필은 암기나 마찬가지였다.

"네놈만 잡는다면 조양방은 가만히 놔두어도 무너지겠지?"

중극도가 진득한 살기를 피워 올리며 말했다.

피식!

무영이 차가운 조소를 흘렸다.

어딜 가나 주제 파악을 못하는 놈들이 있기 마련이다. 그런 놈들 때문에 관을 봐야 눈물을 흘릴 놈이란 말이 생겨난 것이다.

화설금의 행적이 묘연하고 청기대가 제자리로 돌아갔다는 소식을 들었으면 상황 판단이 될 만도 한데 이자는 천지를 모르고 설치고 있다.

'그럴수록 쉬운 일이지.'

조소를 지운 무영은 굳은 얼굴로 자신을 바라보고 있는 염지상에게 시선을 돌렸다.

염지상의 눈에는 도저히 이해가 안 된다는 생각이 몇 겹으로 중첩된 채 떠올라 있었다.

암중인이란 말도 처음 듣는 얘기고 또 자신을 위기에서 구한 무영의 복장이 회기대 이십조의 것이기에 더욱 그랬다.

"저쪽으로 물러서 있으시오."

다행히 염지상이 큰 부상을 입지 않은 것을 확인한 무영이 낮게 말했다.

여전히 염지상의 표정에는 먹구름처럼 두터운 의혹이 깔려 있었다.

"어서!"

무영이 이번에는 단호하게 소리를 질렀다.

그제야 염지상의 표정이 조금 변했다.

"누군가, 자네는?"

염지상이 쉰 듯한 목소리로 질문했다.

"나중에 답하지요."

무영이 손을 내밀었다.

우웅!

무영의 손에서 음유한 장력이 쏟아져 나와 염지상의 신형을 구석 쪽으로 밀었다.

염지상은 눈을 부릅떴다.

솜털처럼 부드러웠지만 도저히 항거할 수 없는 기운이었다. 무의식적으로 공력을 끌어올리며 대항해 보았으나 어느새 구석으로 밀려와 있었다.

‘대체!’

염지상은 실타래처럼 헝클어져 오는 상념을 일단 접을 수밖에 없었다.

판관필을 든 중극도가 빈틈을 노려 쾌속하게 무영의 미간을 찔러들고 있었기 때문이다.

스슥—

무영은 슬쩍 뒷걸음질을 쳤다. 그리고는 옥피리를 흔들었다.

우웅!

옥피리 끝에서 녹색 아지랑이가 일며 중극도의 판관필을 막아갔다.

“흥!”

콧방귀를 뀐 중극도가 판관필을 세차게 흔들어 녹색 아지랑이를 잘라갔다.

끼이익—

쇠가 돌을 긁는 것 같은 소리가 들리며 판관필이 더 이상의 전진을 멈추었다. 그리고는 서서히 뒤로 밀려 나갔다.

‘으윽!’

눈을 부릅뜬 중극도가 신음을 삼켰다.

무형의 녹색 기운은 쇠보다 더 단단했다. 또한 차갑고 기이한 내력이 섞여 있어 그것을 긁은 팔을 저리게 하고 있었다.

중극도는 단 한 번의 격돌로 무영이 자신의 상대가 아니라는 것을 느꼈다. 그러나 이대로 물러설 순 없는 일이었다.

중극도는 재빨리 도포 자락을 휘둘렀다.

도포 자락에서 강맹한 바람이 일며 방 안의 집기들을 휘감아 올렸다. 위기의 순간에 발출하는 철수포월(鐵袖抱月)의 수법이었다.

파파팡—

찻잔과 접시, 서탁에 놓여 있던 벼루와 먹, 붓 등이 자객이 던진 암기처럼 무영의 전신을 향해 날아갔다. 그리고 그것들은 교묘하게 방위를 점하며 무영의 전신 대혈을 노리고 들었다.

"그것참 멋진 수법이군!"

그물처럼 날아오는 방 안의 집기들을 바라보며 무영이 찬사를 토했다. 그리고는 중극도가 도포 자락을 흔들던 것과 비슷한 동작으로 피리를 흔들었다.

피리에서 도포 자락에 못지않은 회선풍이 일며 날아오는 집기들을 휘감았다.

우우웅!

날아오던 집기들이 옥피리 끝 한 치 앞에서 멈추고는 무거운 진동음을 토했다.

중극도는 눈을 부릅뜨며 자신이 날린 집기들을 쳐다보았다. 한 개도 남김없이 허공에 정지한 집기들이 두 개, 세 개의 환영을 보이며 진동을 일으키고 있었다.

“이딴 거 난 필요없으니 도로 가져가시오.”

잠시 동안 집기들을 허공에 띄우고 있던 무영이 세차게 피리를 뿌렸다.

파아앙—

피리 끝에서 경기가 일며 허공에 떠 있던 집기들이 폭발을 일으켰다. 동시에 수백, 수천 조각으로 분리된 파편들이 중극도와 적기대주 등을 향해 터져 나갔다.

“어헉!”

비명을 지른 중극도는 최대한의 공력을 불어 넣은 후 소매를 펼쳤다. 적기대주와 몇몇 조장들, 그리고 그의 부하들은 아예 얼어붙어 아무런 움직임도 보여주지 못하고 있었다. 그들에게는 중극도의 도포 소맷자락만이 유일한 생명줄이었다.

퍼퍼퍽—

몇 개의 집기 조각들이 도포의 소맷자락에 부딪쳐 더 작은 조각으로 비산했다.

일순 도포의 소맷자락이 되돌아오는 파편들을 가두는 듯 모조리 감쌌다. 그러나 다음 순간 소맷자락은 둑이 무너지듯 터져 나가며 파편들과 함께 비산했다.

“크으윽!”

중극도는 쥐어짜는 듯한 비명을 토하며 자신의 몸을 내려다보았다.

중극도의 몸은 그야말로 벌집이 되어버렸다. 그리고 그 벌집에서는 꿀 대신 붉은 선혈이 꾸역꾸역 뿜어져 나오기 시작했다.

"크윽!"

적기대주 차호득도 억눌린 비명을 토하며 부하들은 쳐다보았다.

그들의 상황도 중극도에 못지않았다. 아니, 중극도보다 공력이 약했기에 더욱 처참한 모습이었다.

쿵!

쿵!

폭발하듯 피를 뿜으며 적기대 조장들이 무너졌다.

"크으으… 이런 개 같은……."

적기대주 차호득이 허공을 잡으려는 듯 손을 휘저었다.

조양방에서 십 년을 투신하며 눈치를 보다가 한밑천 크게 잡을 기회를 잡았다. 그러나 그건 기회가 아니라 죽음으로 인도하는 저승사자의 손길이었다.

쿵!

마침내 적기대주 차호득도 뒤로 넘어갔다.

이제 방 안에 서 있는 사람은 무영과 염지상, 그리고 온몸으로 선혈을 뿌리고 있는 중극도뿐이었다.

"대체 네놈은……."

중극도가 마지막 기력을 짜내며 중얼거렸다.

위건화에 못지않을 것이라는 판단은 하고 있었지만 직접 마주하고 보니 오히려 그 이상이었다. 그렇다면 이번 일은 수포로 돌아갈 가능성이 농후했다.

"그런 실력이라면 알 자격이 안 될 것 같군."

무영이 차가운 대꾸와 함께 손을 흔들었다.

퍼엉—

장력에 격중당한 중극도가 박살 난 문밖으로 날아가 휴지 조각처럼 구석에 처박혔다. 뒤이어 그의 몸에서 분수처럼 피가 쏟아졌다. 마지막 안간힘을 다해 버티던 의지의 끈이 풀어지자 중극도의 몸은 폭발하듯 선혈을 쏟아낸 것이다.

잠시 중극도의 시신을 얼음장 같은 눈으로 쳐다보던 무영은 피리를 품속에 집어넣고 다시 쌍장을 뿌렸다.

바닥에 쓰러진 채 선혈을 뿜어내던 적기대주와 그 일행의 시신도 문밖으로 날아가 중극도 옆에 처박혔다.

방 청소를 끝낸 무영은 조양방주의 장남인 염지상을 쳐다보았다.

염지상은 흡사 귀신을 보듯 얼어붙은 표정으로 무영을 마주 보았다.

잠시 후 그의 눈동자가 흔들리고 입술도 움직였다.

"이젠 자네가 누군지 가르쳐 줄 수 있겠나?"

염지상이 좀 전의 질문을 반복했다.

적이 아니고, 더 나아가 생명의 은인이 분명했지만 최소한의 정체라도 알고 싶은 것이 지금 염지상의 심정이었다.

"이름은 무영. 조양방의 적들과 적대 관계에 있는 사람입니다."

짧은 대답이었지만 그 대답 속에는 지금 현재 알아야 할 무영의 정체가 함축되어 있었다. 더 이상 자세한 것은 나중의 일인 것이다.

"한마디로 지금은 친구란 말이군."

염지상이 고개를 끄덕였다.

"정답입니다."

무영도 고개를 끄덕였다.

"좋군!"

염지상이 보일 듯 말 듯 미소를 지었다.

적이라면 최악이고 친구라면 최상의 조건을 갖춘 청년이었다. 다행히 친구라니 하늘에 감사할 따름이다.

'이럴 때가 아니다!'

긴장이 풀리고 짧은 여유가 찾아들자 잠시 접어두었던 생각들이 뇌리에 휘몰아치기 시작했다.

가족들의 안위였다.

적기대주와 부하들이 이곳에서 자신을 설득하고 위협하다가 그것도 안 통하니 아예 죽이고 대역을 내세울 생각을 했다면 가족들에게도 마수를 드리웠을 것이다.

"난 내 가족들을 살펴보아야겠네."

염지상이 검을 검갑에 꽂으며 급히 달려갈 차비를 했다.

"크게 걱정할 필요는 없을 겁니다."

다급한 심정인 염지상과 달리 무영은 느긋하게 말하며 적기대주 차호득과 적기대 일조장의 시신을 수습했다.

"그게 무슨 뜻인가?"

이해 못할 행동을 하고 있는 무영을 보며 염지상이 눈살을 찌푸렸다.

내심 자신과 같이 가족들에게로 가주었으면 하는 무영이 자신의 심정에는 아랑곳없이 걸레 조각같이 변한 시신만 챙기고 있는 모습은 도저히 이해가 되지 않았다.

"마침 오고 있군요."

두 구의 시신을 챙긴 무영이 빙긋 웃으며 말했다.

"오고 있다고?"

염지상이 의혹 가득한 표정과 함께 밖으로 고개를 돌렸다.

정원 저쪽으로부터 한 무리의 사람들이 뛰어오는 소리가 들렸다.

"아버지!"

"아빠!"

잠시 후 염지상의 가족들이 두 명의 적기대 대원의 인솔하에 방으로 뛰어들어 왔다. 그들의 표정은 하나같이 공포에 질려 있었다.

"아악!"

방 안에 있는 시체들과 바닥의 피바다를 본 소녀 하나가 비명을 질렀다.

"어, 어떻게 된 건가요, 여보?"

염지상의 부인인 임초향(林焦香)이 파랗게 질린 얼굴로 묻다가 염지상의 품으로 뛰어들었다. 그녀 역시 숙소에서 한바탕 난리를 겪은 후 이곳까지 안내되어 온 것이다.

"다친 사람은?"

무영이 적기대 복장을 하고 염지상의 가족들을 인솔해 온 회기대 조장 방소추와 조원 막여상에게 물었다.

"다행히 모두 이상 없네. 여러 놈이 진을 치고 달려들었지만 모두 베어버렸네."

방소추가 미약하나마 혈광이 일렁거리는 눈을 번뜩이다가 이를 드러내고 웃었다. 그 역시 다른 회기대 조원처럼 몇 배로 증대된 능력에 신이 난 표정이었다.

'후유증이 심하지 않아야 할 텐데…….'

무영은 잠시 방소추와 막여상을 쳐다보다가 내심 중얼거렸다.

급한 상황이라 대법을 펼쳤지만 조사동에서 익힌 후 처음 시도해 본 것이라서 완벽할 자신이 없었다. 제대로 되었을지 아닐지는 삼 일 정도 지나봐야 안다. 최악의 경우 자신과 마소창을 제외한 회기대 이십조 조원 전원이 혈수로 녹아내릴 수 있었다.

'그땐 이들의 운명이라고 치부하면 속이 편할까?'

무영은 쓴 입맛을 다셨다.

처음 이곳에 올 때는 이런 일쯤은 눈 한 번 깜박하지 않고 자행할 수 있는 심정이었다. 필요하다면 이용할 수 있는 모든 인간들을 폐인으로 만들더라도 목적을 이룰 작정이었다.

아직 폐인으로 만들면서까지 술법을 펼친 인간은 화설금 밖에 없다. 그 외에는 적당한 채찍과 당근으로 몰아가고 있었다.

'이만한 일에도 쓴 입맛이 느껴지는 것을 보니 아직 한참 멀었군.'

무영의 표정이 차가워졌다.

언젠가 상황이 닥치면 훨씬 더 냉정한 선택도 서슴지 말아야 할 것이다. 잔정에 얽매여 주춤거리기에는 마주한 적이 너무 강하다.

"뭘 그렇게 깊이 생각하나?"

잠시 아무 말 없이 자신들을 쳐다보고 있는 무영을 향해 조장 방소추가 인상을 쓰며 물었다.

"아무것도 아닙니다. 수고 많았습니다. 두 분은 계속해서 이곳을 지키십시오. 그리고 대인께서는 따라오십시오."

무영은 빠르게 지시한 후 염지상에게 눈짓을 했다.

염지상은 가족들을 한 번 더 둘러보며 안심시킨 후 무영을 따랐다.

쿵—

쿵—

 벌집으로 변한 두 구의 시신이 적기대 조원들 앞에 떨어졌다.

 염지상의 처소 주변에 진을 치고 서 있던 이백여 명의 적기대원들이 눈을 휘둥그렇게 뜨며 자신들 앞에 던져진 시신을 쳐다보았다.

 이 시신들이 왜 자신들 앞에 떨어졌는지, 그리고 이 시신 두 구를 자신들 앞에 던진 회기대 복장의 청년이 누구인지 궁금했지만 그보다 우선은 시신이 누구인가 하는 것이 궁금했다.

 수십 쌍의 눈동자들이 시신의 정체를 탐색하기 위해 시신들의 전신을 샅샅이 훑었다.

 벌집처럼, 걸레 조각처럼 변한 시신의 정체를 간파하는 것은 쉽지 않았다.

 그 쉽지 않은 작업을 염지상이 대신해 주었다.

 "이들은 적기대주 차호득과 일조장이다."

 염지상의 말을 들은 적기대원들의 표정이 나무껍질처럼 굳어졌다.

 적기대를 이곳으로 끌고 오는 데 가장 큰 역할을 한 두 사람이다.

대부분의 조원들과 몇몇 말석 조장들은 회기대와 녹기대처럼 방주전으로 달려가자고 했다. 그러지 않을 것이라면 차라리 숙소에서 기다리자고 했다. 그러나 대주와 일조장, 그리고 몇 명의 선두 조 조장들이 큰아들 염지상을 지지해야 한다며 휘몰아치듯 선동하여 이곳까지 왔다.

그런데 그 두 사람이 주검이 되었고, 그 주검마저 온전치 못하고 벌집이 되어 있었다.

경악에서 의혹의 빛으로 변한 시선들이 염지상에게로 모여들었다.

"이들은 나를 핍박하며 분란을 조장하다가 내가 말을 듣지 않자 나를 살해하고 내 대역을 만들어 조양방을 어지럽히려 했다."

염지상의 싸늘한 눈으로 두 구의 시신을 내려다보며 소리를 질렀다.

바늘이 떨어져도 소리가 들릴 것 같은 정적이 온 사방을 뒤덮다가 조금 뒤부터 웅성거리를 소리가 퍼져 나갔다.

그 소란 속에서 한 가닥 적의의 목소리가 울렸다.

"믿을 수가 없소!"

적기대주 차호득이 바깥에서 분란을 조장하게끔 심어놓은 자가 지르는 목소리였다.

"뭘 말인가?"

차가운 표정의 염지상이 말을 받았다.

사내가 잠시 대답을 미루었다.

이런 경우에 대해서는 미리 언질을 받았다. 적기대는 어떻게 하든지 둘째아들 염지검을 공격하고 피 터지는 싸움을 벌이다가 치유 불능의 손실을 입어야 한다. 그 후에도 계속해서 자신들은 분란을 일으키고 그렇게 분란이 계속되어야만 자신들의 설 자리가 생기는 것이다.

"우리는 대인을 지지하러 왔소. 그런데 적기대주께서 대인을 핍박했을 리 없소."

적기대 이조장 가목종(加牧踵)이 핏대를 세웠다. 그러면서도 무영을 살피는 것을 잊지 않았다.

"그보다… 대인 곁에 있는 저자는 누구요?"

가목종이 여세를 몰아 무영을 가리켰다.

정체 모를 무영의 존재를 부각시켜 적대감을 조장하고 적기대를 선동하려는 것이다.

모든 시선들이 무영에게로 모여졌다.

적기대주와 적기대 일조장을 걸레 조각으로 만든 사람이 분명해 보이는 무영에게 적대감을 나타내는 시선들도 느껴졌다.

무영이 천천히 품속에 넣었던 손을 빼냈다.

"조양패!"

누군가 고함을 질렀다.

방주가 소지하고 있는 신패이자 모든 조양방도의 생사여

탈권을 가진 영패였다.

"이걸 보면 일단 고개부터 숙여야 하는 것이 아니오?"

무영이 뚱한 표정으로 염지상을 쳐다보았다.

넋이 나간 표정이 염지상이 뒤늦게 고개를 숙이며 조양패의 권능에 복종했다.

"당신은?"

무영이 이조장 가목종을 쳐다보며 물었다.

가목종이 돌처럼 굳은 표정으로 조양패를 노려보았다.

어떻게 저것이 저 새파란 놈의 손에 들려 있는지 모르겠지만 저것을 들고 있는 이상 무영의 의심스런 정체를 부각시키려는 의도는 물 건너간 것이다. 조양패는 어떤 상황에도 우선하는 정당성을 가지고 있었다.

적기대 조원들이 급급히 고개를 숙였다.

우선은 살아야 한다.

조원들을 따라 가목정이 신속히 고개를 숙이려는 찰나 무영의 손이 미세하게 움직였다.

가목정의 얼굴이 창백하게 변했다.

목이 부목이라도 대고 묶어놓은 듯 뻣뻣하게 굽혀지지 않았다.

"이, 이게……?"

가목정이 비명 같은 신음을 토했다. 그러나 여전히 목은 한 치도 굽혀지지 않았다.

비릿한 웃음을 흘린 무영이 천천히 가목정에게로 다가갔다.

"조양패에 반항하겠단 말이군?"

가목정과 일 장 정도 떨어진 곳에서 무영이 물었다.

가목정이 파랗게 질린 표정과 함께 필사적으로 고개를 흔들려고 했지만 그것 역시 불가능했다.

"그럼 죽어야겠지?"

왼손으로 조양패를 들어 올리고 있던 무영이 오른손을 내밀었다.

순간적으로 무영의 우장에서 붉은 기류가 어렸다가 사라지는 듯했다.

"크으윽!"

가래가 끓는 듯한 비명을 토한 가목정이 칠공에서 선혈을 내뿜으며 모래 탑처럼 무너져 내렸다.

아무런 폭음도 어떤 격타음도 들리지 않았다. 그런데도 가목정은 끔찍스런 몰골로 생을 하직하고 있었다.

"당신도 같은 생각이 아니었소?"

몇 걸음 더 앞으로 옮긴 무영이 고개를 숙이고 있는 또 한 명의 조장을 보며 질문을 던졌다. 그는 회기대 조원들이 물어다 준 정보에 의해 변절자로 분류되어 있던 적기대 육조의 조장 오진동(吳晉銅)이었다.

"아, 아니오. 난 단지……."

정확하게 자신을 지적하는 무영을 보고 오진동이 비명을 질렀다.

그는 가목정의 선동이 먹혀들기 시작하면 같이 합류하여 선동의 불길을 더욱 거세게 할 작정으로 그때까지는 아무런 표시도 내지 않고 있었는데 무영이 귀신같이 알아내자 간이 떨어지는 기분이었다.

"단지 시기가 맞지 않아 자제하고 있었단 말이겠지?"

차가운 웃음과 함께 무영이 오진동의 목을 잡았다.

분명히 몇 걸음 떨어져 있었는데 오진동의 목은 귀신의 장난처럼 무영의 손에 잡혀 있었다.

"크윽!"

기괴한 소음과 함께 오진동의 목이 기이한 각도로 꺾이며 뒤로 넘어갔다. 그리고 그의 신형도 바닥으로 무너졌다.

쥐 죽은 듯한 정적이 다시 장내를 휘감았다. 그 속에서 무영의 발자국 소리만이 무겁게 울렸다.

"인정하시겠습니까?"

염지상 앞에 선 무영이 조양패를 내밀며 질문을 던졌다.

숙이고 있던 고개를 든 염지상의 눈이 어지럽게 흔들었다.

대체 조양패가 어떻게 이 청년의 손에 들어갔고, 또 이 청년의 정체는 무어란 말인가?

짙은 의문이 염지상의 눈에서 흘러넘쳤다. 그러나 일단은 그 의문을 접고 당면한 결정부터 내려야 한다.

청년이 지금 두 명의 적기대 조장을 잔인하게 죽이며 불필요한 무력행사를 하는 것은 염지상 자신에게 존재를 부각시키며 조양패의 소유를 인정받으려는 의도였다.

조양패는 부친 다음으로 자신에게 넘겨질 확률이 가장 높은 물건이었다. 그런 것이 남의 손에 들어간다면 가장 반대할 사람이 자신인 것이다.

"물론 영원히 인정해 달라는 것은 아닙니다. 빠르게는 일 년, 길어야 이 년 정도입니다."

무영이 부연 설명을 했다.

"어떻게 손에 넣었나?"

염지상이 물었다. 조양패가 무영의 손에 들어간 경위를 알고자 함이었다.

"방주님으로부터 정당한 거래를 하고 그 대가로 넘겨받았습니다."

무영이 빙긋 웃으며 답했다.

"조양방의 내란을 막아달라는 거래인가?"

"비슷한 말이긴 하지만 더 정확히 말한다면 방주님의 아들들을 모두 살려달라는 거래였습니다."

무영의 대답에 염지상의 눈이 다시 흔들렸다.

잠시 후 염지상이 무겁게 입을 열었다.

"아버님까지 살려준다면 인정하겠네."

염지상이 간절한 눈빛과 함께 답했다.

“노력 중이지만 장담은 못합니다.”

무영이 솔직하게 답했다. 마소창에게 독을 든 자기병을 들려 보냈지만 확신할 수 없는 일이었다.

“고맙네. 인정하겠네.”

확신할 수 없다는 대답에도 불구하고 염지상은 크게 고개를 끄덕이며 무영의 조양패 소유를 인정했다.

머리를 숙이고 있던 적기대 대원들 속에서 웅성거리는 소리가 흘러나왔다. 그러나 그 소리는 염지상의 손짓으로 잦아들었다.

“모든 적기대 조원들 앞에서 맹세하겠네. 앞으로 이 년 동안 나는 자네의 명령에 무조건 복종하겠네.”

염지상이 적기대원들 모두에게 들리도록 목소리를 높였다.

“그럼 적기대를 모두 이끌고 방주전으로 가서 그곳의 인원들과 합류하십시오.”

지시를 내린 무영이 조양패를 품속에 집어넣었다.

“알겠네.”

염지상이 고개를 끄덕인 후 적기대 조원들에게 손짓을 했다.

적기대 조원들이 고개를 들었다.

그 순간 무영의 신형이 그 자리에서 사라졌다.

第二十五章
균열(龜裂)의 조짐(兆朕)

장흥관일

“하아—”

여인의 시름 깊은 한숨 소리가 실내의 정적을 깨뜨렸다.

아직 어린 티가 묻어나는 한숨 소리였지만 그것은 바위처럼 무겁게 내리깔리며 듣는 사람의 가슴마저 한없이 답답하게 만들었다.

일렁—

정적이 깨어짐과 동시에 벽과 천정에서 미세한 동요가 느껴졌다.

여인의 그림자이자 호위들인 수신오위 중 두 사람이었다.

그들은 평소에는 전혀 모습을 드러내지 않을뿐더러 미세

한 동요마저도 일으키지 않았다. 그런데 지금은 두 사람이 천 정과 벽에서 동요를 일으킨 것이다.

"하아—"

다시 여인의 한숨이 터져 나왔다. 그리고 이번에는 다른 세 곳에서도 미세한 일렁거림이 일어났다.

"믿고 싶지 않아!"

한숨을 내쉰 여인이 절망감이 깃든 음성으로 중얼거렸다.

"어떻게 그럴 수가 있지?"

여인이 다시 중얼거렸다. 이번에는 진득한 배신감이 느껴지는 목소리였다.

여인은 현 무황성주 단목상군의 금지옥엽인 단목진희였다.

조양방의 무법자 염예령과 비슷한 나이로 보이는 그녀의 얼굴에는 지금 말로 형언할 수 없는 복잡한 기운이 어려 있었다.

평소 그녀의 호기심 가득한 눈과 장난기 어린 입매무시, 그리고 밝은 얼굴빛은 그녀가 아무런 고민 없이 살아왔음을 대변해 주었다. 그런 그녀였기에 지금의 표정은 너무나 이질적이었다.

그것이 그녀의 다섯 그림자인 수신오위의 평정심을 깨게 하는 요인이었다.

촤르르—

단목진희가 여러 겹으로 적힌 서찰을 펼쳐 들었다.

이미 수없이 펼쳐 본 듯 그 서찰은 곳곳이 찢어지고 가장자리에는 떨어져 나간 곳도 있었다.

서찰 위에는 깨알같이 작은 글씨가 빽빽하게 적혀 있었다. 그러나 단목진희는 그 내용을 모두 외울 정도로 여러 번 읽었다.

두서없이 적힌 내용은 무슨 보고서 같기도 했고, 여러 종류의 책에서 부분적으로 발췌한 내용 같기도 했다.

그것을 처음 보았을 때는 뭐가 뭔지 도무지 알 수 없었다. 뭔가 의미심장한 내용이 적힌 것 같으면서도 전체적으로는 도무지 이해가 되지 않는 내용이었다. 그러면서도 이상하게 호기심을 자극하는 무언가가 있어 거듭해서 읽어볼 수밖에 없었다.

두 번째 읽었을 때는 조금 더 명확히 내용이 이해되었고, 세 번째 읽었을 때에는 전혀 별개의 내용 같았던 부분들의 연관성을 찾을 수 있었다.

서찰의 내용은 마치 조각 맞추기 놀이 같았다.

구단주 양무악의 부하인 조일형이라는 사내가 화설금이 보냈다는 말과 함께 아무도 모르게 자신에게만 비밀리에 전해준 서찰이었다.

그녀의 모습을 떠올리는 것만으로도 절로 이맛살이 찌푸려지는 단목진희였기에 그녀로부터 비밀리에 날아온 서찰은 우선적으로 진한 불쾌함을 느끼게 했다. 그러나 그다음으로는 오히려 더한 궁금증을 자아냈다.

평소에는 자신에게 근거를 알 수 없는 차가움으로 일관하던 그녀가 위건화에게도 비밀로 하라며 전해온 서찰이라는 것이 무얼까?

그것은 악마의 유혹처럼 관심을 증폭시키며 아무도 없는 곳에서 읽게 만들었다.

그녀의 필체를 알지 못하는 단목진희였기에 처음에는 깨알같이 작은 글씨로 적힌 서찰을 화설금의 것으로 알았다.

그러나 세 번을 거듭해서 읽었을 때 이 서찰은 절대로 화설금이 쓴 것이 아니라고 확신했다.

그녀는 교묘하다 못해 감탄이 나올 정도인 이런 조각 맞추기 식의 서찰을 작성할 능력이 없다.

그녀는 몸뚱어리를 교묘히 움직이며 남자의 본능을 자극하는 데는 천부적인 능력을 타고났지만 지적 수준은 평범함 그 자체였다.

한마디로 이 서찰은 그녀의 능력으로는 평생을 바쳐도 작성하지 못할 그런 내용을 담고 있었다.

이 서찰은 높은 지적 능력을 지닌 자가 지적 유희를 즐기듯 작성한 것이었다.

조일형이란 사내는 봉서에 찍힌 문양이 화설금의 것이 확실하다고 거듭 말했지만 이것은 분명코 그녀의 서찰이 아니었다.

그렇다면 이건 누군가에 의한 무슨 음모나 술책이 분명했다.

즉시 그런 판단이 들었지만 그 조각 맞추기 같은 내용이 너무나 교묘하여 호기심과 오기를 유발시켰고, 단목진희는 며칠 동안 열심히 맞추어갔다. 마침 삼사형 위건화가 정신없이 바빠 며칠 동안 외톨이 신세로 지냈기에 더욱 그랬는지도 모른다.

그런데…….

조각조각 흩어진 내용이 점차 꿰맞춰지며 특정한 내용으로 재탄생되었을 때 단목진희는 차라리 읽지 않았더라면 하는 후회감에 가슴을 쳤다.

처음부터 이렇게 완성된 내용을 보냈더라면 중도에 읽기를 포기하고 삼사형 위건화에게 보이며 의논을 했을 것이다. 그리고 그의 변명을 듣고 다시 예전의 천진난만하고 아무런 고민 없는 모습으로 돌아갔을 것이다.

그러나 서찰의 내용은 뒤죽박죽 조각되어 있었고, 그 조각을 다 맞추는 순간 절대로 알고 싶지 않은 내용들이 한꺼번에 뇌리에 각인되어 버렸다.

흉수, 그러니까 이 서찰을 전한 자는 그것을 노리고 이런 식으로 서찰을 작성한 것이다.

먼저 그자에 대해 두려운 생각이 들었다.

이런 끔찍스럽고 절망적인 내용을 다 꿰어 맞추기 전까지
는 그런 생각이 들지 않고 호기심만 자극하도록 배열해 놓은
솜씨는 전율스러웠다.

서찰의 내용을 완전히 파악하자마자 제일 먼저 무황성에
대한 짙은 회의감이 뇌리를 강타했다.

그동안 정파무림 제일성으로 추앙받던 무황성이 사도맹과
마련을 무너뜨리기 위해 어떤 짓을 했는지, 무너진 그들을 어
떻게 다루었는지 하는 내용들은 무황성과 성주인 부친에 대
해 백팔십도로 다른 시각을 갖게 만들었다.

근거없는 모함이라고 치부하며 서찰을 갈기갈기 찢어버리
고 싶었다.

조각 맞추기 식이 아닌, 그냥 일반적인 서찰이었다면 백번
그렇게 했을 것이다.

그러나 조각조각 맞추어가며 단목진희 스스로 그 부인할
수 없는 증거들을 찾아내지 않았던가?

조각의 내용은 그렇게 해야 맞춰질 수 있었기에…….

결국 서찰의 내용은 아무리 고개를 저어도 부인 못할 사실
로 증명되었고, 그만큼 깊이 뇌리에 각인되었다.

그다음으로 꿰어 맞춘 내용들은 단목진희에게 있어 더욱
치명적이었다.

바로 삼사형이자 연인인 위건화에 관한 내용이었다.

마련과 사도맹을 궤멸시키는 데는 대사형과 이사형이 관

여했기에 그 끔찍한 현장에서 위건화는 동떨어져 있었다.

그건 다행이란 생각이 들었다.

하지만 화설금과 관계된 내용을 보고 나니 차라리 대사형이나 이사형이 훨씬 깨끗해 보였다.

화설금의 입을 통해서 흉수가 전해온 내용!

그것은 이 세상에서 단목진희 자신만이 알고 있는 내용이라 생각했다.

잠자리를 같이하며 파정(破精)의 순간, 무의식적으로 터져 나오던 위건화의 버릇들!

그것은 자신만이 알고 있는 일이라 생각했고, 당연히 그래야 한다고 생각했다.

그런데…….

진저리 쳐지게도 화설금이 그것들을 공유하고 있었다.

단목진희는 그 순간 끝 모를 무저갱 속으로 떨어져 내리는 아득한 절망감을 느꼈다.

화설금을 볼 때마다 본능적인 거부감이 들던 이유는 그것 때문이었을까?

그녀의 숨결에서, 그녀의 눈빛에서 무의식적으로 느껴지는 위건화의 존재감이 자신을 그렇게 긴장시켰던 것일까?

세상에서 유일하게 자신의 육체만을 탐했다고 생각했던 위건화가 화설금에게도 똑같은 행위를 했단 말이다. 그리고 열락의 순간 무의식적으로 내보였던 버릇을 화설금에게도 내

보였단 말이다.

흉수는 화설금을 닦달하며 그것을 알아내고 자신에게 그 사실을 상세히 알렸다.

명백한 이간질이고 누가 봐도 치가 떨리는 야비한 교란책이었다.

그런데 그 술책은 다른 것과 달리 여자에게 있어 치명적인 부분에 관한 것이기에 뻔히 알면서도 이렇게 흔들릴 수밖에 없다.

'더러워!'

단목진희는 세차게 고개를 저었다. 그리고는 자신의 머리카락을 쥐어뜯었다.

일렁―

맞은편 벽에서 다시 동요가 일었다.

스으윽―

더 이상 두고 볼 수 없었던지 한 명의 인영이 벽 껍질을 허물고 모습을 드러냈다.

"아가씨!"

중년의 인영이 조심스럽게 단목진희를 불렀다. 마치 친딸을 부르는 듯한 자애로운 목소리였다.

그는 단목진희의 수신오위 중 수장 격인 염천검(炎天劍) 혁련광(赫連廣)이었다.

하늘마저도 태워 버린다는 붉은 검을 독문 병기로 사용하는 그는 더 이상 단목진희의 번민을 두고 볼 수 없어 은신을 드러낸 것이다.

성주 딸의 호위로서 극히 이례적인 행동이었지만 이럴 때 조언을 하는 것도 그의 임무 중 하나였다.

"왜 그렇게 괴로워하시는지요, 아가씨?"

혁련광은 단목진희의 손에 들린 서찰을 보며 질문했다.

언뜻 봐도 서찰 속의 내용은 도저히 이해 불능이었다. 그런데 그 서찰을 본 단목진희가 며칠에 걸쳐 번민에 빠진 것이 우려스럽기 그지없었다. 이러다간 주화입마에라도 빠지지 않을까 염려가 되었다.

"아, 아무것도 아니에요."

단목진희가 얼른 서찰을 접으며 고개를 흔들었다. 그러나 되도록 모습을 드러내지 말아야 하는 철칙까지 깨뜨리며 은신을 드러낸 혁련광은 물러설 수가 없었다.

"대체 어떤 내용의 서찰입니까?"

혁련광이 다시 질문을 던졌다.

"아무것도 아니에요. 신경 쓰지 마세요."

단목진희가 한층 더 완강한 동작으로 고개를 저었다. 그러나 그녀의 얼굴에는 지워지지 않는 절망감이 어려 있었다.

"삼공자에게 무슨 문제가 있는 것입니까?"

혁련광이 며칠 동안 심사숙고한 나머지 얻은 결론이었다.

그동안 위건화에게서 한시도 떨어지지 않았던 단목진희가

지난 며칠 동안은 겉도는 모습을 보이더니 최근 이틀 동안은 아예 떨어져 있었다.

　물론 위건화가 조양방에서 벌이는 비밀 공작 때문에 어쩔 수 없어서 그런 것이라 했지만 단목진희의 성격으로 보아 뒤를 밟아서라도 위건화를 따를 것이고, 위기 상황이 닥치면 자신들 다섯을 모두 위건화에게 보낼 것이다. 그러기 위해서 성주의 반대도 무릅쓰고 여기로 온 것이다. 그런데 이렇게 며칠 동안 떨어져 있다는 것은 위건화와의 사이에 문제가 생긴 것이 분명했다.

　"아무것도 아니라고 하지 않았나요. 그러니 귀찮게 하지 마세요."

　단목진희가 날카로운 음성으로 고함을 질렀다.

　고함 소리에 양쪽 벽에서 일렁거림이 일었다.

　언제나 밝고 생기발랄한 단목진희에게서 평생 처음 보는 모습이었기 때문이다.

　혁련광의 눈빛이 침중하게 가라앉았다.

　이건 극히 우려스런 상황이었다.

　호위를 함에 있어서 피호위자의 심리 상태가 불안할수록 위험 요소가 많아진다.

　불안한 심리 상태의 피호위자는 예측 불허한 행동을 할 수 있고, 그 순간은 어떤 때보다 크나큰 틈이 생긴다.

　"아가씨!"

혁련광이 엄하게 주위를 일깨웠다. 그러나 단목진희의 상태는 조금도 나아지지 않았다.

"제발 혼자 있게 놔두세요. 제발 부탁이에요."

단목진희가 머리를 감싸 쥐며 고함을 쳤다.

"알겠습니다."

도저히 통제될 상황이 아님을 느낀 혁련광이 고개를 숙인 후 뒷걸음질을 쳤다.

스스스—

혁련광의 몸이 벽의 일부분으로 스며들었다. 그때 단목진희가 고개를 번쩍 들었다.

"혁련 대장님!"

스스스—

벽 껍질이 되었던 혁련광이 다시 모습을 드러냈다.

"내게 두 사람만 남겨놓고 세 사람은 공자님을 도우세요."

단목진희가 번쩍 제정신이 든 듯 지시를 내렸다.

일렁—

예측 못한 상황에 천장과 벽 껍질이 다시 흔들거렸다.

"같이 가지 않으십니까?"

혁련광이 조심스럽게 물었다.

단목진희가 같이 간다면 전력을 분산시킬 필요가 없다. 그러나 단목진희가 이곳에 남게 되면 두 사람만이 단목진희를 보호할 수밖에 없다.

상대가 절세고수가 아닌 이상 두 사람만으로도 걱정할 것이 없지만 사람의 일이란 만약을 모르는 것이다.

혁련광은 불안한 기색이 완연한 표정으로 단목진희를 쳐다보았다.

"난 생각할 것이 조금 남았어요. 생각이 끝나면 합류하겠어요."

목소리는 부드러웠지만 혁련광을 쳐다보는 단목진희의 눈빛은 매섭기 그지없었다.

이럴 때는 무황성의 철부지가 아니었다. 무황성주 단목상군의 차가운 피가 그대로 이어진 것 같았다.

"알겠습니다, 아가씨!"

혁련광이 고개를 숙인 후 뒤로 물러났다.

*　　*　　*

"정말 여우 같은 놈들이군. 도대체 출구와 입구가 어디고 어디가 본거지인 건가? 추종향 냄새는 풍기는데 정확히 어디서 풍기는지 알 수가 없어."

한 가닥 목소리가 후미진 골목의 벽 그림자 속에서 울렸다.

바닥으로 깔리는 듯 듣기 좋은 중저음의 목소리는 언뜻 중년인의 것이 아닌가 싶었지만 그 속에 스며 있는 싱싱한 생기는 청년의 특징을 고스란히 드러냈다.

"이크! 저놈들인 것 같다."

스스스!

벽 그림자가 일렁이며 한 인영이 모습을 드러냈다.

떡 벌어진 어깨와 훤칠한 키의 인영은 가만히 서 있어도 천부적인 무골임을 느끼게 했다.

"쿵쿵!"

인영은 전방으로 코를 내밀며 연신 쿵쿵거렸다.

"드디어 찾았네, 친구! 언젠가는 기어나와 합류할 것이라는 자네 말이 맞았어. 후후!"

청년이 싱긋 미소를 지었다.

입꼬리로부터 시작되는 미소는 오월의 신록보다 더 싱그러워 보였지만 반쪽짜리 웃음이어서 안타까움을 자아내게 했다.

청년의 얼굴 반쪽에는 황금색 가면이 덧씌워져 있었다.

황금색 가면은 눈이 있는 자리만 뚫려 있을 뿐, 청년의 반쪽 얼굴을 완전히 가리고 있었다.

청년이 왜 이런 반쪽 가면으로 준수한 용모를 가리고 있는지는 가면의 눈 부분에 뚫린 구멍을 자세히 쳐다보면 알 수 있었다.

가면의 구멍 속에 자리 잡은 청년의 왼쪽 눈가는 심하게 일그러져 있었다. 그건 천성적으로 생긴 자국이 아닌, 큰 화상으로 살결이 일그러진 모습이었다.

　아마도 청년은 화상이나 열화장력에 의해 얼굴 반쪽이 심하게 일그러져 그 흉한 모습을 감추기 위해 반쪽짜리 황금 가면을 쓴 것이 확실해 보였다.

　비록 황금 가면으로 반을 가린 얼굴이었지만 너무 준수하다는 인상을 지울 수가 없었다. 그래서 더욱 안타까움을 자아내게 하는 청년이었다.

　"그런데 왜 셋만 떠나지? 둘은? 그리고 그녀는 뒤에 남는 건가?"

　청년이 이해가 안 간다는 표정으로 고개를 갸웃거렸다.

　"대체 무슨 일인가? 어쨌든 상관없어. 아니, 나로선 오히려 잘된 일이야."

　반쪽 얼굴에 피어오른 미소를 깨끗이 지우고 금방 얼음장처럼 차가운 표정이 된 청년이 낮게 중얼거렸다.

　청년의 시선이 머무는 곳에 평범해 보이는 세 명의 중년인이 저잣거리를 거닐고 있었다.

　평범한 화복 차림을 한 세 명의 중년인은 물건이나 사러 나온 듯 저잣거리의 상점들을 기웃거리며 느긋하게 움직이고 있었다.

　그런 모습에서 그들이 조금 전까지 무황성주의 둘째딸인 단목진희를 호위하는 수신오위였다는 것을 짐작할 수 있는 사람은 아무도 없을 것 같았다.

　"역시 여우 같은 놈들이야. 까닥했으면 아예 놓칠 뻔했어."

세 중년인의 지극히 평범한 모습에 황금 가면의 청년은 고개를 절레절레 흔들었다. 그리고는 차갑게 표정을 굳혔다.

"마음 같아서는 당장 쳐들어가서 모두 죽여 버리고 싶지만……."

황금 가면 청년이 세 명의 호위가 걸어나온 건물 쪽을 쳐다보며 스산한 미소를 지었다.

"그랬다간 그 친구 손에 나 역시 산 사람이 아니겠지. 쩝!"

청년이 입맛을 다셨다.

"그런데 이 역겨운 비린내는 좀 바꾸면 안 되나? 꼭 이런 이상한 냄새를 추종향으로 쓸 건 뭔가."

잠시 반쪽 얼굴을 찡그린 청년이 건물 쪽을 한 번 더 쳐다본 후 죽립을 눌러쓰고는 천천히 걸음을 옮겼다.

第二十六章

등장(登場)

장흥관일

“대체… 이게 어떻게 돌아가는 것이오, 대인?”

조양방주의 차남 염지검이 비대한 몸짓에 상인 차림을 한 이국상(李國上)을 향해 소리를 질렀다.

시시각각 변하는 상황이 예상과는 너무나 다르게 흘러가고 있었다.

지금쯤이면 이장로 만조강을 지지하는 청기대가 방주전으로 난입하여 그곳에서 피 튀기는 대결을 벌이고 있어야 한다.

그들이 정신없이 싸우는 사이 자신은 흑기대와 황기대를 이끌고 형의 처소에 있는 적기대를 궤멸시킨 후 만조강마저 처치하고 조양방의 모든 권력을 손에 넣을 생각이었다.

조양방에서는 가장 강한 흑기대에 황기대까지 가세했으니 정해진 수순대로 일이 벌어진다면 충분히 가능한 일이었다.

그런데 그 계획과는 전혀 다르게 상황이 급변했다.

무슨 일이 벌어졌는지 청기대와 적기대가 차례로 숙소로 돌아가서 원래의 자리를 지키고 있고, 장로들을 상대하기 위해 달려올 것이라는 고수들도 도착하지 않았다.

이런 상황이라면 시도하지 않은 것만 못했다. 괜히 벌집만 건드린 셈이었고 경각심만 일깨워 준 꼴이다. 이젠 제자리로 돌아간 청기대와 적기대 때문에 흑기대와 황기대를 이끌고 섣불리 방주전을 공격할 수도 없었다. 오히려 다른 네 개 부대의 역공을 염려해야 할 상황이었다.

"대체 왜 이렇게 된 것인지 말해보란 말이오!"

이국상이 바깥의 상황만 살피며 아무런 설명을 해주지 않자 염지검이 다시 고함을 질렀다.

"이럴 리가 없는데……. 대체 어찌 된 일인가?"

염지검의 고함에는 아랑곳 않은 이국상은 노심초사하며 혼잣소리처럼 중얼거렸다.

지금쯤이면 모든 일을 끝마친 동료들이 모여들어 방주와 장로들을 치러 가야 한다. 그사이 삼공자 위건화는 암중인을 은밀히 처치하고 남은 위험 요소마저 완전히 제거할 것이다. 그러면 조양방은 아들들과 장로들의 내분에 의해 몰락한 흑도문파로 무림사에 기록될 것이다.

그것이 자신이 숙지하고 있는 계획이었다.

그런데 삼공자가 보내주기로 한 사람들도 오지 않았고 바깥 상황도 반대로 돌아가고 있다.

'뭔가 크게 틀어졌다.'

이국상은 불길한 기분에 휩싸이며 계속해서 바깥의 동정을 살폈다.

바깥은 소란이 모두 가라앉은 채 비정상적인 정적을 유지하고 있었다.

이국상은 그 정적이 머리 위를 뒤덮은 먹구름처럼 불길했다.

챙―

정적을 깨뜨리며 염지검이 검을 뽑아 들었다.

"더 이상은 당신들의 지시를 받을 수 없소. 지금부터는 내 뜻대로 하겠소."

염지검이 눈을 번뜩이며 이국상을 노려보았다.

이젠 이판사판이다.

시작을 한 이상 끝장을 봐야만 할 일이었다. 이렇게 속수무책으로 기다리는 것보다는 청기대와 적기대가 역습을 가해오기 전에 선수를 치는 것이 나았다. 그렇게 하여 방주전을 장악하고 조양십이검의 천적인 영사비격검법으로 장로들을 몇 명 쓰러뜨리고 나면 실낱같으나마 희망이 있는 것이다.

"진정하시오!"

이국상이 와락 눈살을 찌푸리며 맞받아 소리쳤다.

"당신 같으면 진정할 수 있겠소? 오늘을 위해 조양방을 배반하고 천륜마저도 저버리면서 매진해 왔소! 그런데 모든 것이 물거품으로 돌아가려 하고 있소! 이대로 나가다간 검 한 번 휘둘러보지도 못하고 대역 죄인으로 오라를 받을 수밖에 없소! 그렇게 되느니 발악이라도 한번 해보고 죽고 싶소!"

염지검이 발작적으로 고함을 지른 후 검을 들어 올려 검첨으로 이국상의 미간을 겨누었다. 누구든 앞을 막으면 찔러 버리겠다는 경고였다.

이국상이 잠시 말문을 닫고 염지검을 노려보았다.

이글거리는 눈과 이마에 솟아오른 핏대로 보아 염지검은 지금 폭발 일보 직전이었다. 이런 상태라면 어떤 말로도 진정을 시킬 수가 없을 것 같았다.

'할 수 없군!'

이국상은 차갑게 마음을 가라앉혔다.

지금 염지검을 제압하지 않으면 일이 더욱 틀어질 것이다. 현재도 많이 틀어졌지만 삼공자 위건화가 나타나기 전까지는 섣불리 움직이지 말고 기다려야 한다. 그러기 위해서는 염지검부터 제압해야 했다.

파앗—

이국상이 발끝으로 바닥을 박찼다.

쉬이익—

장정 두 사람을 합쳐 놓은 것같이 비대한 그의 몸이 믿을 수 없이 빠르게 움직이며 염지검을 향해 짓쳐들었다.

"헛!"

염지검이 외마디 비명과 함께 급급히 뒤로 몸을 빼며 검을 휘둘렀다.

취리리릭—

그동안 절차탁마한 영사비격검법의 제일초 영사박서(靈蛇迫鼠)의 초식이 펼쳐지며 이국상의 비대한 몸을 난자해 갔다.

"제법!"

이국상이 차가운 음성과 함께 품속에서 산판(算板)을 꺼내 염지검의 검을 막아갔다.

그 순간, 염지검의 검이 변화를 일으켰다.

영사박서의 초식이 순식간에 영사출동(靈蛇出洞)의 수법으로 바뀌며 이국상이 내민 산판 아래를 쑤시고 들었다.

순식간에 변한 초식도 놀랄 만했고 쑤셔드는 검은 처음부터 영사출동을 펼친 것처럼 거침이 없었다.

영사비격검법의 날카로운 공격에 당황한 표정이 된 이국상이 산판을 세차게 뒤집었다.

촤르륵—

산알들이 요동치는 소리와 함께 이국상의 산판이 두 배로 길어지며 염지검의 검을 겨우 막아냈다.

산판 속에 들어 있는 작은 서랍이 뽑혀지며 늘어난 길이의 산판이 염지검의 검을 막은 것이다.

"어림없다!"

염지검이 악을 쓰며 더욱 신랄하게 검을 휘둘러 영사비격검법의 세 번째와 네 번째 초식을 연달아 펼쳐 냈다.

이런 날을 위하여 절치부심하여 익힌 영사비격검법의 초식이 쉴 새 없이 펼쳐지자 이국상은 경시하지 못하고 미친 듯이 산판을 흔들었다.

따다당—

따당—

산판과 검이 부딪치며 어지러운 쇳소리가 터져 나왔다.

검의 영활함을 산판의 넓고 무거운 효용이 간신히 상쇄시켜 가고 있었다. 그러나 차츰 염지검의 어지러운 초식에 이국상이 밀리기 시작했다.

구단주 양무악이나 십이단주 중극도라면 염지검을 제압할 수 있겠지만 조원인 이국상으로서는 역부족인 감이 있었다.

'이판사판이다.'

더 이상 밀리다가는 게거품을 물고 있는 염지검에게 난도질당하고 말겠다는 생각이 든 이국상은 차가운 안광을 뿜어 내며 산판의 한곳을 세차게 눌렀다.

피피피핑—

호금 줄이 터지는 소리가 울리며 산판 속에 있던 산알들이 암기가 되어 모조리 터져 나왔다.

이국상의 산판 속에 숨겨진 비장의 암기 수법이었다.

"어헉!"

막 이국상의 심장을 가르려던 염지검이 비명을 지르며 풍차처럼 검을 휘둘렀다.

얼핏 보기에도 예사롭지 않은 산알들은 한 개라도 놓쳤다가는 그대로 몸을 뚫고 들어올 것 같았다.

따다다당—

염지검의 검에 걸린 산알들이 사방으로 튕겨 나갔다.

그러나 산판에서 튀어나온 산알이 너무 많았다. 그리고 그 속도도 시위를 떠난 화살처럼 쾌속했다.

'이, 이런!'

염지검은 자신의 검이 다 쳐내지 못한 산알들이 양 옆구리로 날아드는 것을 보며 절망적인 심정으로 이를 악물었다.

저것들이 양 옆구리를 파고들면 내장까지 헤집어놓을 것이고, 그럼 더 이상 검을 휘두를 힘조차 남아 있지 않을 것이다.

피피피피핑—

산알들이 염지검의 옆구리를 파고들려는 순간, 섬전처럼 날아든 부챗살들이 산알들을 튕겨내며 앞으로 쏘아졌다.

이국상의 산알 공격과는 비교할 수 없는 초절정의 암기 수법이었다. 그 결과 산알들은 모조리 튕겨 나갔고, 산알들을 튕겨낸 부챗살은 벽에 꽂혔다.

염지검은 물론 이국상도 더 이상 서로를 공격할 생각들을 접고 멍하니 문 쪽을 쳐다보았다.

"고, 공자!"

이판사판으로 산알들을 내쐈았던 이국상은 놀란 표정과 함께 급히 고개를 숙였다.

노심초사하며 기다릴 때는 코빼기도 보이지 않던 위건화가 상대를 쓰러뜨리려는 순간 나타나 자신의 공격을 차단하며 오히려 상대를 살려준 것이다.

'대체……?

저승의 문턱에서 되돌아온 염지검도 망연자실한 표정으로 위건화를 쳐다보았다.

무시무시한 산알 공격을 부챗살로 간단히 막아낸 사람이라고 생각하기엔 너무나 젊었다. 아니, 어렸다. 그리고 이 청년은 그동안 한 번도 본 적이 없었다.

초점을 잃은 염지검의 눈이 청년의 뒤로 향했다. 청년의 뒤에는 역시 한 번도 본 적이 없는 중년인 세 명이 석상처럼 시립해 있었다.

잠시 염지검과 시선을 마주하던 위건화가 이국상을 향해 고개를 돌렸다.

위건화의 눈빛이 얼음장처럼 차갑게 빛났다.

"경거망동하지 말라고 했을 텐데… 주제넘은 짓을 벌이고 있군요."

염지검을 죽이려고 한 이국상을 향해 위건화가 낮게 말했
다.

이국상은 잠시 위건화의 말뜻을 알아듣지 못하고 위건화
의 얼굴만 쳐다보았다.

"그 사람을 죽이란 명령은 내린 적이 없는 걸로 아는데…
아니던가요?"

여전히 정중한 경어였다. 그러나 그 목소리는 그 어느 때보
다 차갑고 경직되어 있었다. 더 나아가 까닭 모를 살기가 감
돌아 이국상은 자신도 모르게 진저리를 쳤다.

"그, 그게……."

이국상이 서둘러 변명을 하려 했지만 위건화의 시선은 어
느새 다른 곳으로 향하고 있었다.

"아주 교묘하군요."

이국상에게서 시선을 돌린 위건화는 바닥에 떨어져 있는
산알 한 개를 주워 손바닥에 올린 후 혼잣소리처럼 중얼거렸
다.

언뜻 보기에는 평범한 산판의 산알 같았지만 그 가장자리
가 날카롭게 날이 서 있어 위건화의 말대로 교묘하다고 할 수
있었다.

"이런 것이 대혈로 파고들면 살아남을 수가 없겠군요. 그
렇지 않습니까?"

위건화는 산알을 손가락 끝에 올려놓고 장난스럽게 돌리

며 이국상에게 질문을 던졌다.

이국상이 아무 대답도 못하고 눈을 끔벅거렸다.

정중하게 의견을 묻듯 말하고 있었지만 왠지 모르게 전신을 뒤덮어오는 기운이 몸을 굳게 만들었던 것이다.

"그렇지 않습니까?"

위건화가 화사한 미소까지 피워 올리며 이국상을 향해 다시 물었다.

"그, 그렇습니다. 하지만 저자가 날 죽이려 하기에……."

급히 변명을 하려던 이국상이 더욱 짙어지는 위건화의 미소를 보고 입을 다물었다.

미소의 끝에 묻어 나오는 이질적인 기운은 마치 뱀의 눈초리를 마주했을 때처럼 섬뜩했다.

"그 말은 결국… 대업보다는 자신의 목숨이 더 중요하다는 뜻이군요?"

미소를 서서히 지운 위건화가 다짐을 받듯 말했다.

"죽을죄를 지었습니다."

뒤늦게 위건화의 심중을 읽은 이국상이 급히 무릎을 꿇으며 머리를 땅에 거듭 찧었다.

퍽—

퍼억—

순식간에 이국상의 머리에서 선혈이 터져 나와 바닥을 적셨다. 그러나 위건화는 미동도 하지 않고 이국상을 쳐다보고 있었다.

머리를 쥐고 있던 이국상이 더 이상은 힘들었는지 고개를 들었다. 이마에서 흘러내린 피로 그의 얼굴은 온통 피범벅이 되어 있었다.

"사, 살려주십시오!"

이국상이 발작적으로 외쳤다. 그리고는 무릎걸음으로 기어왔다.

위건화가 손을 들어 이국상의 행동을 제지했다. 그리고는 산알을 굴려 손가락 끝에 올렸다.

"자신의 목숨만 금쪽같이 아끼며 대업을 이루는 데 있어 중요한 역할을 할 사람을 처치하려고 했으면서도 책임을 지지 않겠다는 말이군요. 삶에 대한 애착이 너무 강하다고 해야 합니까, 아니면 그런 행동이 가족의 목숨까지 위태롭게 할 수 있다는 것을 인식 못할 정도로 멍청하다고 해야 합니까?"

위건화가 다시 미소를 피워 올렸다.

"으으……."

위건화의 신랄한 지적에 이국상은 불식간에 신음을 흘렸다.

공포에 질려 목숨을 구걸했지만 그런 자세는 가족들을 지옥의 구렁텅이에 빠뜨리는 것이나 마찬가지다.

임무를 수행하다 장렬히 전사하면 무황성에서는 그 가족들을 평생 돌봐준다. 그러나 그 반대의 경우로 도주하거나 책

임을 회피하면 가족들에게는 아무런 혜택이 주어지지 않는
다. 더 나아가서는 가족들에게 은밀히 모진 박해가 가해진다.

이국상은 어깨를 늘어뜨렸다.

순간적인 격정으로 염지검을 죽이려 했으니 자신은 어떤
일이 있어도 그 책임을 피할 수 없다. 이제 최선은 가족들이
나마 비참한 생을 살지 않게 해주어야 하는 것이다.

"죽여주십시오!"

이국상이 눈을 질끈 감은 채 말했다.

"그게 정답입니다."

위건화가 미소 띤 얼굴로 말하며 손가락을 가볍게 튕겼다.

핑—

가운뎃손가락 끝에 올려져 있던 산알이 탄환처럼 쏘아져
나가 이국상의 이마를 꿰뚫고 염지검이 서 있던 옆쪽 벽까지
같이 꿰뚫었다.

"헉!"

자신의 왼쪽 볼에서 한 자밖에 떨어지지 않은 곳의 벽에 구
멍이 뚫리며 바깥바람이 쏘아져 들어오자 염지검은 헛바람을
들이켰다. 산알이 한 자만 더 오른쪽으로 날아왔으면 염지검
의 미간도 이국상처럼 구멍이 뚫리고도 남았을 것이다.

쿵—

미간에서 분수처럼 피를 뿜어내던 이국상의 몸뚱이가 통
나무처럼 바닥에 쓰러졌다.

"바닥이 미끄러워지겠군요. 치우는 게 어떻겠습니까?"

위건화가 뒤쪽에 시립해 있는 세 명의 중년인을 보고 지시하자 석상같이 뻣뻣하게 서 있던 세 사람이 비로소 몸을 움직이며 이국상의 시신을 치웠다.

"처음 뵙는군요."

이국상의 시신이 치워지고 세 명의 중년인이 다시 석상으로 굳어지자 위건화가 빙긋 웃으며 염지검을 향해 인사를 했다.

봄바람처럼 부드러운 미소를 피워 올리는 위건화의 표정에는 방금 한 사람을 죽인 비정한 기운은 한 올도 남아 있지 않았다.

"누구… 신가, 공자는?"

질린 표정을 한 염지검이 경직된 음성으로 물었다.

"동지!"

위건화가 간단히 답했다.

"동지?"

염지검은 이맛살을 찌푸렸다.

이국상의 상전으로 보였지만 이제껏 자신과 일을 도모했던 이국상에게서 이 청년에 대해서는 일언반구도 들은 적이 없었다. 청년은 일이 뒤틀리려는 순간 뚝 떨어져 내리듯이 나타난 것이다.

"내 질문은……."

"질문에 대해 제대로 된 답변을 하자면 내일 아침까지 걸릴 텐데… 그때까지 상황이 기다려 줄지 모르겠군요."

대답과 함께 위건화가 길게 목을 빼며 바깥의 동정을 살폈다.

염지검은 더 이상 아무런 말도 않고 위건화를 쳐다보았다.

상황은 자신이 원하는 반대 방향으로 흐르고 있었다. 그래서 이판사판의 결심까지 한 터였다. 그런 마당에 찬밥 더운밥 가릴 처지가 아니었다. 이제껏 자신을 도운 사람들을 모두 합친 것보다 더 강한 원군이 나타났으니 다시 꺼진 불씨를 피워야 할 것이다.

"알겠네. 앞으로의 계획은?"

염지검이 결심을 굳히며 위건화를 쳐다보았다.

"상황 판단이 빠르시군요. 그럼 바로 본론으로 들어가지요. 대인께선 조금 전 하고자 하신 대로 흑기대주에게 명령을 내려 흑기대와 황기대를 이끌고 방주전으로 쳐들어가십시오. 그래서 최대한 혼란을 일으키십시오."

"그런 다음엔?"

"그러는 사이 우리는 장로들을 모두 처치하겠습니다. 장로들만 없으면 대인 뜻대로 될 수 있을 것입니다."

"그럼, 공자는?"

염지검이 위건화를 정시하며 물었다.

정체는 물론 무공의 깊이까지 측정 불가능한 위건화의 행보에 따라 자신의 운명이 결정될 터였다.

"난 개인적인 일을 좀 처리한 후 대인이 조양방주가 된 날 다시 나타날 것입니다. 그땐 약속대로 하면 됩니다."

조양방주라는 말에 염지검은 아랫배에 있는 피가 역류하는 기분을 느꼈다.

방주만 될 수 있다면…….

그렇게만 된다면 악마에게 영혼이라도 팔 수 있을 것 같았다.

자신이 조양방주의 차남이라는 의미를 자각하면서부터, 그리고 형에게 무공이 뒤진다는 사실을 절감하면서부터 오히려 더 열망해 왔던 염원이기에 천륜마저 저버리며 일을 꾸며 왔다. 그러기에 이젠 앞만 보며 치달려갈 수밖에 없다.

"알겠네. 약속은 지키겠네."

"그럼 즉시 움직이십시오. 빠를수록 좋습니다."

위건화의 말에 염지검은 신속히 방을 빠져나갔고, 위건화를 따라온 세 명의 중년인도 염지검을 따랐다.

모두 밖으로 나가고 혼자만 남은 실내에서 위건화는 얼음장처럼 차가운 표정을 하며 허공을 응시했다.

그의 얼굴에 짙은 의혹의 기운이 내려앉았다.

"대체 무슨 일이지, 사매?"

위건화의 입에서 낮은 중얼거림이 흘러나왔다.

자신이 전면에 나서서 벌인 조양방 궤멸 작전이 마지막 순간 틀어져 버린 이유는 사매 단목진희 때문이었다.

작전의 막바지에 단목진희와 그의 호위인 수신오위가 투입되어 조양방의 마지막 숨통을 조이고, 그사이 자신은 암중인을 처치한 후 사라지면 되는 것이었다. 그러면 조양방은 사천의 천가보와 마찬가지로 조용히 무림사에서 이름을 지우게 될 것이다.

그런데 가장 중요한 순간 단목진희와 그의 호위 다섯 명이 나타나지 않았다.

그들이 나타나서 제 몫을 해주지 않는 한 완벽한 작전의 수행은 불가능했다. 자신이 그들을 대신할 수도 있었지만 그렇게 되면 전혀 자신의 흔적을 드러내지 않고 자연스럽게 조양방을 무너뜨리는 작전은 포기해야 하는 것이다.

사매와 수신오위를 기다리며 주춤거리는 사이, 상황은 걷잡을 수 없이 돌변했고, 회복 불능의 지경에 가까워졌다.

그런데 바로 그 순간, 수신오위들이 자신 앞에 나타났다.

위건화는 질책과 분기가 담긴 표정으로 그들을 쳐다보았다. 그러나 그들은 세 명뿐이었고, 끝내 단목진희의 모습은 보이지 않았다.

"대체 무슨 일이지, 사매?"

위건화는 다시 낮게 중얼거렸다.

수신오위 중 세 명에게 그 이유를 물었으나 그들은 묵묵부답이었다. 그리고 지금은 그것보다는 사태를 수습하는 게 우선이기에 덮어두었지만 구름처럼 이는 의혹은 주체할 수가 없었다.

"우선은 꺼져 가는 혼란의 불씨부터 되살리고 나서……."

풀리지 않는 의문에 머리를 세차게 흔든 위건화는 벌떡 몸을 일으켰다.

최악의 경우를 대비해 조양방주의 목줄은 미리 잡아두어야 했다. 그건 자신만이 가능한 일이었다.

수신오위 중 세 명과 함께 염지검이 흑기대와 황기대를 이끌고 방주전에서 혼란을 일으키는 사이, 자신은 방주전의 비밀 장소로 스며들어 염천기의 목줄을 확보할 것이다.

스스스—

은신술을 펼치며 조양방 방주전으로 스며들려던 위건화는 주춤 움직임을 멈추고 잔뜩 끌어올렸던 공력을 아랫배 쪽으로 되돌렸다.

한줄기 기이한 피리 소리가 혈맥을 진탕시켰기 때문이다.

第二十七章

상면(相面)

장홍관일

삘리리—

삘릴리—

한 가닥 피리 소리가 오후의 짧은 정적을 깨뜨렸다.

이장로 만조강을 지지하던 청기대가 숙소로 돌아가고, 큰 아들 염지상을 지지하며 그의 처소에서 농성을 벌이던 적기대 역시 방주전으로 가서 회기대 등과 합류하자 조양방은 잠시 정적에 휩싸였다.

폭풍전야 같은 정적이었다.

여섯 개의 부대 중 네 개가 혼란 행위에서 이탈했지만 흑기대와 황기대가 아직까지 둘째아들 염지검의 처소에서 웅크리고 있으니 그들이 어떻게 나오는가에 따라서 다시 새로운 혼란의 폭풍이 불어올 수도 있었다. 그렇게 그 누구도 긴장을 늦추지 못한 차에 들려오는 피리 소리는 온 조양방을 관통했다.

삘릴리—

삘리리—

마음을 차분하게 가라앉혀 줄 것 같은 피리 소리는 한층 더 맑게 조양방 구석구석으로 퍼져 나갔다.

소나무 가지 사이로 불어오는 바람처럼 나지막한 피리 소리였지만 그 속에 무슨 조화가 섞였는지 조양방 안에 있는 사람들은 하나도 빠지지 않고 그 소리를 들을 수 있었다. 그것으로 보아 피리를 부는 사람이 막강한 공력의 소유자라는 것을 단박에 짐작할 수 있었다.

"대체 어디서 들리는 피리 소리지?"

귀를 쫑긋 세우고 있던 사내 하나가 동료를 돌아보며 물었다.

고막은 물론 폐부 깊은 곳까지 스며드는 피리 소리였지만 도저히 방향을 짐작할 수 없었다.

"이게 무슨 지랄 맞은 일인지 모르겠군. 목숨이 왔다 갔다 하는 판국에 저런 한가로운 피리 소리라니……. 저런 피리 소리는 밤에 호수에서 배를 띄워놓고 들어야 제격이지."

텁석부리 장한 하나가 눈을 부릅뜨며 고함을 질렀다.

장한의 불평에 화답이라도 하듯 갑자기 피리 소리가 뚝 그쳤다.

폐부까지 스며들던 피리 소리가 갑자기 그치자 잠시 긴장의 끈을 놓았던 사내들이 고개를 두리번거리며 불안한 표정을 지었다.

"위건화!"

잠시 후 피리 소리 대신 나직한 목소리가 다시 정적을 일깨웠다.

불안한 표정으로 다음의 사태를 기다리던 사내들이 벌떡 일어서며 목소리의 진원지를 찾았다. 그러나 목소리 역시 피리 소리처럼 그 위치를 종잡을 수 없기는 마찬가지였다.

낮지만 조양방의 구석구석을, 그리고 폐부 깊숙하게 스며드는 듯한 목소리는 조금 전 피리를 분 사람의 것이라는 것만 짐작할 수 있었다.

"쥐새끼처럼 숨어 있지 말고 그만 모습을 드러내는 게 어떤가? 이젠 그럴 때가 되지 않았나?"

다시 목소리가 울렸다.

그러나 그 목소리에 화답하는 다른 목소리는 들리지 않았다.

"네 계략은 훌륭했지만 실패했다. 아니라고 우기고 싶나?"

목소리에서 옅은 조롱기가 묻어 나왔다. 그러나 여전히 화답하는 목소리는 들리지 않았다.

"후후."

나직한 웃음소리가 다시 조양방을 관통했다.

"네가 어떤 식으로 방주를 중독시켰는지, 어떤 식으로 이 장로와 오장로를 포섭했는지, 더 나아가 어떤 식으로 사천의 천가보를 무너뜨렸는지 잘 알고 있다. 조양방도 천가보처럼 소리없이 무너뜨린 후 사라지고 싶었겠지만 세상일이 언제나 마음처럼 되는 건 아니지. 네 운은 여기까지라는 생각이 드는데, 자네 생각은 어떤가?"

목소리에 섞인 조롱기가 한층 더 짙어졌다. 그러나 여전히 화답의 목소리는 들리지 않고 짙은 침묵만이 조양방을 뒤덮었다.

"무황성주의 지시에 의해 벌인 일이겠지만 이번 일은 결국 너와 나의 싸움이었다. 처음부터 그걸 인정했으면 더 쉬웠을 것이다."

목소리가 한층 더 크고 선명하게 들렸다.

"무황성주?"

"이게 대체 무슨 말인가? 무황성주라니?"

무영의 목소리에 귀를 기울이고 있던 사내들이 갑자기 들려오는 무황성주라는 단어에 벼락을 맞은 듯 웅성거렸다.

대부분 내막도 모른 채 휩쓸렸기에 어떻게 된 상황인지 짙은 궁금증이 이는 중이었다. 그런데 그 내막에 무황성이 개입되었다는 것을 짐작하게 되니 혼란이 극에 달하고 있었다.

그러는 중에 다시 목소리가 들려왔다.

"아직도 넌 너만 여우 같다고 생각하는 모양이구나. 하지만 세상은 그렇게 호락호락한 것이 아니지. 지금쯤 네가 철석같이 믿고 있는 성주의 둘째딸인 단목진희가 나타나지 않아 애가 타겠지? 하하하!"

무영의 웃음소리가 맑게 울려 퍼졌다.

"하지만 끝내 그녀는 오지 않을 것이다. 그러니 그만 포기하고 나와라. 그렇지 않으면 그녀의 생사는 보장할 수 없다. 그건 내가 장담하지."

웃음을 멈춘 무영이 얼음보다 더 차가운 음성으로 말을 맺었다.

*　　　*　　　*

"이, 이……."

방주전으로 스며들려던 위건화는 악귀처럼 얼굴을 일그러뜨리며 이를 뿌드득 갈았다.

"사매가 오지 않았던 이유가 모두 저놈 때문이란 말인가?"

억양없이 중얼거린 위건화의 눈이 매의 그것처럼 매섭게 찢어졌다.

마지막 순간 단목진희가 나타나지 않으며 일이 틀어진 것이 내내 의혹으로 남았는데, 그것이 암중인으로 이름 지은 저놈 때문이란 말이었다.

"대체 네놈의 정체는 뭐냐?"

위건화는 어이없는 웃음을 흘리며 목소리가 들려오는 쪽을 응시했다.

자신의 이름은 물론, 단목진희의 존재까지 정확히 알고 있는 놈!

더 나아가 단목진희에게 수작까지 부려 일을 망쳐 놓은 놈!

위건화는 다시 이를 세차게 갈았다.

꺼져 가는 혼란의 불씨를 되살린 후 소리없이 놈을 처치하려 했는데 오히려 한발 앞서 놈이 자신을 잡고자 도발하고 있다.

그동안 놈에 대한 평가를 몇 번이나 거듭 수정하였지만 놈은 또 한참 더 자신의 예상을 벗어나 있었다.

위건화는 마침내 크게 머리를 끄덕였다.

처음부터 놈과 자신의 싸움이었다.

놈을 처치하지 않고는 아무것도 할 수 없었다.

아무리 부정하려고 해도 이젠 인정해 줄 수밖에 없었다.

이젠 조양방의 붕괴가 문제가 아니었다.

단목진희의 안위가 백척간두에 있는 것이나 마찬가지였고, 자신의 생사마저도 보장할 수 없었다.

"좋아, 상대해 주지. 네놈과는 절대로 같은 하늘 아래 살 수 없는 운명인 것 같군!"

긴 호흡을 토한 위건화는 천천히 신형을 움직였다.

＊　　　＊　　　＊

"왜, 왜들 그러시오?"

수신오위 중 세 명과 함께 흑기대와 황기대를 이끌고 방주전으로 달려가던 염지검은 걸음을 우뚝 멈추며 목소리를 높였다.

세 명의 중년인이 단목진희라는 이름을 듣는 순간 얼어붙은 듯 그 자리에서 걸음을 멈추었기 때문이다.

"아가씨가, 아가씨가 위험할 수도 있다."

혁련광이 흡사 실혼인처럼 중얼거렸다.

"이, 이런!"

다른 한 명의 호위인 등추엽(登抽燁)도 얼굴이 흙빛으로 변하며 허둥댔다. 그 역시 혼이 빠져나간 실혼인 같았다.

"놈의 계략일 수도 있습니다. 그러니……."

세 명 중 제일 냉정한 표정을 한 초막겸(草寞箝)이 조심스럽게 말했다.

"닥치게! 저놈이 아가씨의 존재를 알고 있다는 것은 그만큼 아가씨에게 근접해 있다는 말일세. 이젠 이곳에서의 모든 일은 포기하고 어서 공자와 함께 아가씨에게로 가야 하네."

혁련광이 더 이상은 어떤 선택도 용납하지 않겠다는 표정

상면(相面) 97

으로 말했다.

"알겠습니다. 우선 공자에게로 갑시다."

초막겸이 고개를 끄덕였다.

"이, 이보시오. 대체 그게 무슨 말이오? 하던 일은 어떻게 하고……."

염지겸의 말이 끝나기도 전에 혁련광 등은 그 자리에서 사라졌다.

염지겸은 너무나 뜻밖의 사태에 멍하니 세 사람이 사라진 방향을 쳐다보다가 흑기대 쪽으로 고개를 돌렸다.

흑기대가 계속 자신을 따르면 혼자서라도 계속할 생각이었다.

"이 모든 것이 더러운 무황성 놈들의 계략이었단 말이지?"

흑기대의 조원 한 사람이 이젠 뭔가 알겠다는 표정을 하며 목소리를 높였다.

"대주와 조장들이 불같이 선동해서 휩쓸려 다녔지만 내내 뭔가 이상했어. 이렇게 사태가 갑자기 커질 수는 없는 일이었지. 하지만 이제라도 알았으니 다행이야. 더 이상 이런 병신짓은 죽어도 못해."

다른 조원 하나도 앞에서 조장을 무시하며 고함을 쳤다.

"그래, 더 이상은 더러운 무황성 놈들의 꼭두각시가 될 수 없다. 놈들을 쳐부수자!"

"가자!"

한번 불길이 일자 걷잡을 수가 없었다.

선동하던 조장들은 물론, 흑기대주마저도 이젠 도저히 가망이 없음을 인식하고는 슬슬 뒤로 물러났다. 무황성의 주구로 활동한 자신들을 조원들이 죽이려 들지도 몰랐기 때문이다.

'이, 이런!'

염지검은 절망적인 심정에 어떻게 하지도 못하고 입술만 깨물었다.

몰이를 당하는 염소 떼처럼 움직이던 조원들이 사태를 파악해 버렸으니 더 이상은 적개심에만 의존하며 휘몰아칠 수가 없다.

그야말로 이젠 모든 것이 끝이었다.

염지검은 어깨를 늘어뜨렸다.

그때 낮은 목소리가 다시 들렸다.

＊　　　＊　　　＊

"그래도 안 나온단 말이지. 무황성주의 셋째 제자라는 위명이 아깝지 않나? 제자를 보면 스승을 안다고 했지. 널 보니 네 스승이 어떤 인간인지 짐작이 가는데… 별명까지 하나 지어주길 원하는가? 제자가 쥐새끼면 사부는 뭐가 어울릴까? 제자 잘 둔 덕에 아주 훌륭한 별명까지 얻게 되었군. 어떤 별명으로 해야 하나……."

계속된 무반응에 무영이 노골적으로 무황성주의 명예를 건드렸다.

피이잉—

무영이 무황성주의 별명을 지어주려는 찰나 파공음과 함께 핏빛의 암기가 날아들었다.

섬전 같은 속도로 날아드는 암기는 금방에라도 선혈을 뚝뚝 떨어뜨릴 듯 붉은 색감을 자랑하는 한 장의 장미꽃 꽃잎이었다.

한 장의 낙엽을 날려 사람을 상해할 수 있는 비엽상인(飛葉傷人)이란 무공이 있다. 그것은 극강한 내공이 뒷받침되어야 펼칠 수 있는 상승의 수법이었다.

그 상승의 수법이 낙엽보다 더 부드럽고 얇은 꽃잎에 의해 펼쳐진 것이다.

"그래, 이래야 제 맛이지."

무영이 미소를 지었다.

조양방 대연무장 가장자리의 정자나무 위에서 육합전성의 수법으로 자신의 위치가 어딘지 모르게 숨겼는데 위건화는 정확히 위치를 간파하고 장미 꽃잎을 날린 것이다.

파앗!

무영이 신속히 손을 흔들었다.

파앙—

무영의 손끝에 걸린 장미 꽃잎이 산산이 부서지며 폭음을
토해냈다.

그만큼 꽃잎에 실린 내력이 컸다는 말이다.

휘익—

정자나무 위에서 은신을 드러낸 무영이 대연무장 중앙을
향해 몸을 날렸다.

대연무장은 조양방 안에 있는 다섯 개의 연무장 중 가장 큰
곳으로, 세 개의 부대가 동시에 훈련을 할 수도 있었고 집결
을 할 때는 조양방의 여섯 개 부대가 모두 모일 수도 있었다.

파앗—

중도에서 한 번 더 땅을 박찬 무영은 대연무장 한가운데에
서 신형을 멈추었다.

"난 대연무장으로 왔네. 그러니 자네도 대연무장 중앙으로
오게. 이곳에서 단둘이 결판을 내도록 하지."

무영이 두 팔을 활짝 벌리며 위건화를 기다렸다. 그곳에서
위건화와 승부를 결할 생각이었다.

*   *   *

"대연무장?"

무영의 목소리를 들은 조양방의 방도들이 이구동성으로
고함을 질렀다.

지금까지의 모든 혼란은 저들 두 사람이 주인공이었다. 다른 사람들은 모두 구경꾼일 뿐이었다.

주인공들이 이젠 모습을 드러내어 혼란의 극을 종식시키려 하니 더 이상 자신들은 무대 위로 올라가서 어설픈 광대짓을 할 필요가 없다.

구경꾼 본연의 자리를 충실히 지키며 주인공들의 공연을 감상하면 되는 것이다.

"가자!"

"가보자!"

"우와아!"

누가 먼저랄 것도 없이 큰 고함 소리와 함께 무장 해제된 채 자기 처소로 돌아간 청기대는 물론이고 방주전을 지키던 회기대와 녹기대, 적기대, 더 나아가 염지검과 함께 방주전으로 달려가던 흑기대와 황기대도 등을 돌려 대연무장으로 달려갔다.

*　　　*　　　*

"반갑네, 친구!"

대연무장 중앙에 선 무영이 빙긋 웃으며 천천히 나타난 위건화에게 인사를 건넸다.

여유있는 미소와 자연스런 행동이 마치 오랜 지기를 만난 듯했다.

여유가 감도는 무영의 모습과는 달리 위건화는 시퍼렇게 날이 선 한 자루 보검처럼 시린 기운을 내뿜으며 무영을 노려보고 있었다.

"이런! 너무 그렇게 잡아먹을 듯 노려보지 말게. 오금이 저려서 서 있을 수가 있나."

무영이 다시 장난스런 미소를 피워 올리며 너스레를 떨었다.

"이름이 무엇인가?"

한참 동안 칼날처럼 서 있던 위건화도 무영을 인정하고 친구를 대하듯 질문을 던졌다.

"무영."

"안 들은 것이나 마찬가지군."

"마음대로 생각하게."

"내 사매는 어떻게 했지?"

얼음장 같기만 하던 위건화의 얼굴에 처음으로 표정이 어렸다.

아무리 애를 써도 숨길 수 없는 초조감이었다.

무영의 입에서 단목진희란 단어가 흘러나왔다는 것 자체가 그녀의 위험을 명백히 반증하는 것이기 때문이었다.

"날 잡으면 자연히 알게 될 일이 아닌가?"

무영의 입꼬리가 기이하게 비틀렸다.

"만약 사매에게 무슨 일이……."

"그렇게 걱정될 정도면 평소에 잘했어야지. 몸 따로, 마음 따로 굴리면 어떤 여자라도 질색을 할 수밖에……."

무영의 의미를 알 수 없는 빈정거림에 위건화의 눈 사이가 급격히 좁혀졌다.

"몸이야 화설금이 훨씬 멋지지. 안 그런가? 그녀같이 매혹적인, 아니, 그것으로 부족하군. 맞아! 그녀같이 뇌쇄적인 몸을 가진 여자는 일찍이 본 적이 없어. 하마터면 나도 자네처럼 홀릴 뻔했지. 후후!"

무영이 의미심장한 웃음을 흘리며 위건화를 쳐다보았다.

와락 찌푸려졌던 위건화의 눈 사이가 찌푸려지던 속도만큼 빠르게 원래의 모습으로 돌아왔다. 대신 온 얼굴에 창백한 기운이 급격히 번져 갔다.

위건화는 뇌리에 벼락이 떨어지는 듯한 느낌을 받았다.

놈의 말로 미루어 놈은 자신과 화설금의 은밀한 비밀을 알고 있을 가능성이 농후했다. 아니, 거의 확정적이다.

놈이 어떻게 그걸 알았는지 모르겠지만 놈이 그 사실을 사매에게 알렸다면?

휘청!

위건화의 몸이 순간적으로 미세하게 중심을 잃었다.

사매가 지금 그 사실을 알고 있다면……?

결정적인 순간, 사매가 나타나지 않고 수신오위 중 세 명만 보낸 것은 그 이유밖에 없다.

그동안 먹구름처럼 전신을 뒤덮고 있던 모든 의혹이 일시에 걷히는 기분이었다. 그러나 곧이어 수백 배는 더 두터운 먹구름이 온 하늘을 뒤덮는 기분이 들었다.

그 두터운 먹구름은 그동안 이루었던 모든 성과, 그리고 앞으로 계획하고 있던 모든 꿈을 한꺼번에 무너뜨리는 것이었다.

두 사형들 앞에서 때로는 순한 양처럼, 때로는 토끼처럼 온순하게 행동하며 그들의 자만심을 충족시켜 주었던 모든 행동이 모두 허사로 돌아갔다. 또 그들의 눈을 피해, 심지어는 사부인 무황성주 단목상군의 눈까지 피하며 몰래 수련했던 뼈를 깎는 노력도 물거품이 되어 스러져 가고 있었다.

이런 엄청난 일이 어떻게 이렇게 한순간에 일어날 수 있는가?

위건화의 뇌리에서 열화탄이 터지는 소리가 끊임없이 들려왔다.

"뿌드득!"

한동안의 혼란에서 벗어나 부서질 정도로 이를 악문 위건화가 무영에게 눈동자의 초점을 맞추었다.

"마귀 같은 놈!"

위건화가 잇새로 내뱉었다.

"역시 멋진 친구야, 자네는."

무영이 환한 미소와 함께 화답했다.

"마귀가 되고자 무진 애를 쓰고 있지만 누구도 내 노고를 알아주지 못했는데 자네만이 나를 제대로 평가해 주는군. 정말 마음에 들어."

무영이 다시 미소를 지었다.

무영의 미소가 짙어질수록 위건화의 표정은 더욱 일그러졌다.

"그러지 말게, 친구. 너무 흥분하면 제 실력을 발휘할 수 없고, 그러면 내가 서운해지지. 무황성의 무공이 얼마만큼 위대한지 털끝만큼도 남김없이 견식하고 싶거든. 그러니 부디 자중해 주게."

무영이 진심에서 우러나오는 듯한 걱정을 하며 위건화를 달랬다.

"뿌드득!"

위건화가 부러질 듯 이를 갈았다.

그것을 끝으로 위건화는 차츰 냉정을 되찾아갔다. 그리고는 순식간에 한 자루 검이 되어갔다.

현 백도무림의 패자나 마찬가지인 무황성주의 제자다운 모습이었다. 아니, 그것보다는 마주한 무영이 생사를 가늠하기 힘든 대적이라는 것을 느낀 때문에 본능적으로 이루어지는 대응이기도 했다.

감상이니 분노니 하는 것은 살아 있을 때라야 가능한 것이다. 지금 무영과 대결을 벌인다면 어쩐지 삼 할도 승리를 자신할 수 없을 것 같았다. 그만큼 절실했기에 감정을 다스릴 수밖에 없었다.

"역시 무황성주의 제자다워. 명불허전이야."

순식간에 감정을 추스르고 칼날같이 냉정해진 위건화를 보며 무영이 찬사를 토했다.

자신의 모습은 전혀 드러내지 않은 채 단 몇 달 사이 호북 흑도무림의 패자인 조양방을 기둥뿌리째 뒤흔들어놓은 사내였다.

방주를 쥐도 새도 모르게 중독시켰고, 장로들을 두 명이나 배신하게 만들었으며, 대주들과 조장 대부분을 포섭하여 가만히 있어도 무너지게끔 공작을 펼쳐 놓았다. 그런 예측 불허하는 심계를 지닌 사내라면 무공 역시 그만큼 깊이를 헤아리기 힘들 것이다.

무영은 가슴이 뛰는 것을 느꼈다. 상대가 강할수록 더욱 맹렬하게 호승심이 끓어오르는 특유의 본성이 지금도 고스란히 표출되고 있다.

'흐으읍―'

낮은 호흡과 함께 무영은 천천히 양 어깨를 늘어뜨리며 몸을 깃털처럼 가볍게 했다.

위건화보고는 자중하라고 하면서 정작 자신은 호승심에 불타오르는 것은 말이 되지 않았다.

순식간에 마음이 가라앉고 머릿속에 일체의 잡념이 사라

졌다.

"좋군!"

무영만큼이나 냉정하게 가라앉은 위건화가 미소를 지으며 말했다. 그 역시 이젠 무영과의 대결 이외에는 아무것도 생각지 않는 것 같았다. 조양방에서의 임무도, 단목진희의 안위도 지금은 다른 사람의 일 같았다.

"그럼 시작해 보세나. 너무 궁금하니까 말일세."

무영이 슬쩍 소매를 걷어 올렸다. 소매 속에 감추어진 하얀 손목이 여인의 그것을 방불케 했다.

"무기를 사용하지 않나?"

위건화가 물었다.

"우선은 무황성의 절기를 맨몸으로 느껴보고 싶네. 생각 같아서는 실오라기 하나 남기지 않고 발가벗고서라도 느끼고 싶지만… 보시다시피 보는 눈이 많아서 말이야."

무영이 아쉬움 가득한 입맛을 다시며 주변을 둘러보았다.

어느새 몰려나온 조양방도들이 대연무장 주변을 가득 메우고 있었다.

무영과 위건화 두 사람의 몸에서 피어오르는 기세가 엄청났기에 그들은 최대한 멀리 떨어져서 구경을 하고자 했다. 그래서 대연무장 가장자리에는 그야말로 입추의 여지가 없을 정도였다.

무영에게 온 신경을 곤두세우느라 주변을 의식하지 않고

있던 위건화는 눈살을 찌푸렸다.

이런 상황은 절대로 원하는 바가 아니었다.

모든 상황이 종료되고 무황성으로 복귀하는 순간까지도 자신은 털끝만큼도 존재를 드러내지 않을 생각이었다.

그런데 존재가 드러나다 못해 이젠 수많은 군중 앞에서 광대놀음까지 벌이게 되었다.

위건화는 다시 들끓어 오르려는 감정을 가까스로 억눌렀다.

저놈 때문에 모든 계획이 철저히 분쇄되고 상황은 자신의 의사와는 정반대로 돌아갔다. 그리고 이젠 농락당하기까지 하고 있었다. 만약 놈을 쓰러뜨리더라도 이제까지 조양방에서 벌인 모든 일이 대부분 드러나게 되어 앞으로의 계획에 큰 차질을 빚을 것이다. 어쩌면 모든 계획을 전면 수정할 수밖에 없을 것 같았다.

이 상황에서 가장 좋은 방책이라면 앞에 선 저놈을 죽이고 오늘의 일을 목격한 모든 인간들을 없애 버리는 것이다.

하지만 그건 현실적으로 불가능했다.

애초에 그럴 계획이 아니었기에 그만한 인원을 동원하지도 않았고, 무기나 암기, 극독도 준비하지 않았다.

'대신 네놈만은 처절하게 죽여주지.'

전신으로 살심을 끌어올린 위건화는 오른손을 슬쩍 흔들었다.

우르릉—

마른하늘에 천둥이 치는 것 같은 무거운 음향과 함께 한줄기 경력이 무영을 향해 쏟아졌다.

빙긋—

무영이 환하게 미소를 지었다. 그리고는 오랜 가뭄 끝에 내리는 단비를 맞이하듯 양팔을 한껏 벌린 채 위건화의 장력을 맨몸으로 부딪쳐 갔다.

"엇!"

전혀 예상치 못한 돌발적인 상황에 조양방도 중 누군가 경호성을 터뜨렸다.

저렇게 무식한 대응은 상상도 하지 못했다.

상대가 삼류무인이라면 모를까 무황성주의 제자라고 했다. 그런 사람이 뿌린 공력이라면 아무리 가벼워도 바위를 가루로 만들 만한 위력을 지녔을 것이다.

그런데 그것을 맨몸으로 부딪쳐 가다니?

퍼엉—

무영의 가슴에서 폭음이 터졌다. 연이어 무영의 신형이 뒤로 반 장 정도 밀려났다. 그로 인해 그의 발이 지나온 자리에 두 줄기 긴 고랑이 파였다.

웅성거림이 일며 모든 시선이 무영에게로 모였다.

第二十八章
대결(對決)

장흥관일

"하하!"

무영이 통쾌하게 웃었다. 그리고는 체조라도 하듯 온몸과 목을 이리저리 돌렸다.

"좋아! 아주 좋아! 역시 무황성이야. 생각보다 훨씬 강력하군. 하지만 오는 게 있으면 가는 게 있어야지?"

무영은 정말로 즐거운 듯한 표정과 함께 위건화와 똑같이 오른손을 슬쩍 흔들었다.

그에 대한 반응으로 위건화 역시 무영처럼 양팔을 활짝 펴며 온몸으로 부딪쳐 갔다.

퍼엉—

위건화의 가슴에서도 무영의 경우처럼 폭음이 터지며 그의 신형이 반 장 정도 뒤로 주르르 밀려났다.

거기까지는 서로 똑같은 반응이었다. 하지만 다음부터는 같지가 않았다.

장력에 가슴을 격중당한 후 무영이 통쾌한 웃음을 터뜨린 반면 위건화는 미세하게 얼굴을 찌푸렸다.

인사를 나누듯 간단하게 뿌린 장력이었지만 무영의 장력에는 무언가 감당하기 힘든 무거운 기운이 섞여 있어 기혈을 뒤흔든 것이다.

"암경(暗勁)을 섞었군."

위건화가 뱀을 쳐다보듯 무영을 보며 내뱉었다.

"그렇게 생각하나?"

무영이 긍정도 부정도 하지 않은 채 반문했다.

"역시 그렇군. 아무리 그럴듯해 보여도 더러운 사파의 본성은 어쩔 수 없다는 걸 간과했네."

위건화가 독을 내뿜듯 차갑게 말을 받았다.

"유감이군. 그렇게 말하는 걸 보니 자네도 백도 나부랭이인 것은 확실한 모양이야. 자신으로서는 감당하기 힘든 흑도나 사파의 무공을 접하면 마치 대역병이라도 창궐한 듯 난리를 치며 무림 공적으로 몰아놓고는 개떼처럼 달려들어 제거하려고 하지."

무영이 입꼬리를 비틀며 웃었다.

“너희들의 무공은 사악한 쪽으로만 치우쳐 스스로를 망침과 동시에 종내에는 수많은 양민들의 목숨도 앗아가고 극심한 피해를 입히지.”

위건화가 차가운 표정과 함께 추상같이 고함을 쳤다.

“그런 인간들이야 당연히 죽여야지. 아무리 흑도나 사파라도 그런 인간들은 용납하지 못한다네.”

“웃기지 마라! 그들의 패악한 무공을 찬양하며 계승하기를 갈망하는 것이 너희들이 아닌가?”

“강한 무공일수록 끌리는 것은 정, 사, 마를 따지지 않은 무인의 본능이라고 생각하는데…….”

“너희들 같은 사악한 인간들이 아니라면 그런 무공은 애초에 탄생되지도 않았다. 스스로의 사악함에 사로잡힌 너희들로 인해 그런 무공이 탄생한 것이다.”

“그렇지. 그게 너희들의 논리이지. 사파인들은 태어날 때부터 사악한 인종들이니 무조건 척결해야 하지. 그들을 향해서는 어떤 잔인한 수법을 쓰고, 어떤 비열한 짓을 행하더라도 정당성이 인정되지. 그들을 향해서는 산모의 배를 갈라도 되고, 무수한 처녀들을 유희의 대상으로 삼아 학대하다가 유황불 속으로 던져 넣어도 된다고 했지? 제대로 배웠군.”

“무슨 헛소리냐? 어디서 그런 궤변을…….”

위건화의 볼 살이 부르르 떨었다. 그리고는 그의 손에서 일장이 터졌다.

스스스—

무영의 신형이 그 자리에서 푹 꺼지며 몇 발짝 왼쪽에서 솟아올랐다.

극강으로 펼쳐지는 이형환위의 수법이었다.

"그렇게 당황스런 표정 지을 필요 없다네, 친구. 살아서 돌아가거든 네 사형들에게 물어보게. 그럼 잘 가르쳐 줄 걸세."

위건화의 사형들을 일컫는 무영의 눈에서 푸르스름한 안광이 쏘아져 나왔다.

위건화는 순간적으로 가슴이 철렁하는 느낌이 들어 급히 내력을 끌어올렸다.

"그런데 말이야, 사파니 마도니 다 척결하고 나면 무얼 할 셈인가? 더 이상 쳐부술 대상이 없으니 무공을 폐쇄하고 촌부로 돌아갈 텐가?"

"……."

"그럴 순 없겠지. 가질수록 더 가지고 싶어 하는 것이 인간이니까. 사마가 척결되고 나면 그 전리품을 하나라도 더 얻기 위해 싸워야겠지? 그 과정에서 또 다른 사마가 만들어질 테고……."

파앙—

무영의 말을 끊으며 위건화의 장력이 날아들었다.

무영의 가공할 신법에 대비하여 사방을 점하며 짓쳐드는 장력이었다.

무영은 더 이상 신법을 펼치지 않고 그 자리에 우뚝 선 채 양손을 흔들었다.

슈아악—

파공음이 쏟아지며 무영의 양손에서 새하얀 아지랑이가 피어올랐다. 그리고는 위건화가 뿌린 장력을 덮쳐 갔다.

파아앙—

무거운 폭발음과 함께 두 줄기 장력이 잠시 동안 그 진행을 멈춘 듯했다. 그리고 어느 순간 무영이 뿌린 새하얀 아지랑이 속에서 가지를 친 또 한 줄기 아지랑이가 위건화가 장력을 사방으로 흩어버리며 전진했다.

"어림없는 수작!"

위건화가 조롱기 섞인 고함과 함께 다시 우장을 흔들었다.

우웅—

이번에는 폭발음이 아닌 진동음이 울리며 위건화의 우장에서 은색의 둥근 고리가 뻗어나갔다.

마치 부처의 형상 뒤에 어리는 광휘처럼 빛나는 은색의 고리는 무황성주 단목상군의 절기 중 한 가지인 은륜낙월장(銀輪落月掌)이었다.

무황성주는 젊은 시절 은륜낙월장 한 가지만으로도 수많은 무인을 발아래로 무릎 꿇렸다. 그 가공할 장법이 셋째 제자 위건화의 손에서 재현되고 있었다.

콰앙—

무영의 장력과 은색 고리 모양을 한 위건화의 장력이 마주치며 폭음이 울렸다. 동시에 이번에는 무영의 장력이 흩어지고 둥근 고리가 어지럽게 뒤틀리며 무영의 전신을 향해 덮쳐들었다. 그대로 가만히 있으면 은륜은 난비하는 비발(飛鉢)처럼 전신을 난도질할 것 같았다.

"대단한 성취군!"

무영이 짤막하게 고함을 치면 오른 손목을 비틀었다.

무영의 손아귀에서도 은은한 홍광을 띤 경기가 뭉쳐졌다. 위건화와 다른 점이 있다면 은륜이 아니라 구의 모양이었다.

슈아악—

구 모양의 경기가 무영의 손바닥에서 쾌속하게 뻗어나와 은륜낙월장의 고리에 부딪쳤다.

콰앙—

두 개의 경기가 두 사람의 중간에서 부딪치며 몇 채의 집채마저 뒤덮을 만한 흙먼지가 허공으로 치솟았다.

후두두두둑—

흙먼지와 같이 날아올랐던 작은 돌과 흙덩이들이 우박처럼 쏟아져 내렸다.

"뭔가, 그 수법은?"

흙먼지가 가라앉을 즈음 위건화가 무영을 향해 질문을 던졌다.

강호 일절로 알려진 은륜낙월장에 정면으로 부딪쳐 손해

를 보지 않는 장법이 있다는 말은 듣지 못했다. 어떤 장법이든 은륜낙월장에 부딪치면 그 정도는 제각각이지만 반드시 손해를 보고 내상을 입었다.

그런데 은륜낙월장을 맞받아친 무영은 조금도 손해를 보지 않은 모습이었다. 오히려 구의 기운에 마주친 자신의 손바닥이 불에라도 데인 듯 화끈거렸다. 그것은 다 흩뿌리지 못한 상대의 내력이 손바닥을 할퀴었다는 말이다.

천하의 은륜낙월장을 밀쳐 내고 자신의 손바닥까지 도달하여 긁어댈 수 있는 장법이 있단 말인가?

위건화는 불신 가득한 눈으로 무영의 입술만 쳐다보았다.

"파황탄(破荒彈)이라는 장법일세."

무영이 담담하게 답했다.

"파황탄?"

이름이 거창한 것 같기도 하고 유치한 것 같기도 했다.

그건 중요한 것이 아니었다.

생전 처음 들어보는 유치한 이름의 장법이었지만 그 위력은 간담을 서늘하게 했다.

패도적이면서도 뭔가 웅혼한 기운이 느껴지는 장력은 아무리 생각해도 그 뿌리를 짐작할 수조차 없었다.

패도적인 힘으로만 보면 마도의 무공 같았지만 마도의 무공이라기엔 어딘지 모르게 정심한 기운이 느껴졌다. 그렇다고 사파의 무공도 아니었다. 사파의 무공은 그 속에 복잡한

암경이 섞여 있기 마련이다. 그래서 궁극에 가서는 자멸할 수밖에 없는 특성을 지니고 있지만 이건 절대로 그렇지 않았다. 어쩌면 정파의 무공에 더 가까웠다.

상대에 대한 평가를 몇 번이나 거듭 수정했지만 거기에 더해 또 한 번 수정해야 할 것 같았다.

'어떻게 이런 놈이 아직까지 세상에 한 번도 이름을 드러내지 않은 것인가?

그것 또한 불가사의했다.

의문은 그 즉시 확인해야 더 큰 의혹을 낳지 않는 법!

위건화는 쌍장을 동시에 들어 올렸다. 그리고는 한꺼번에 각각 다섯 번을 흔들었다.

파파파파팡!

두 개의 손바닥에서 각기 다섯 줄기의 장력이 제각각의 방향으로 쏟아져 나왔다.

은륜낙월장이 무황성주 단목상군의 소싯적 절기라면 지금 위건화의 쌍장에서 쏟아지는 열 가닥의 장력은 단목상군이 장년에 이르러 창안한 십전뇌전장(十全雷電掌)이었다.

한 개의 은륜으로 가공할 파괴력을 자랑하는 은륜낙월장과 달리 십전뇌전장은 파괴력에 유연함까지 더해진 장력으로, 어떤 보법을 펼치더라도 공격 범위에서 벗어나기 힘들고 제각각 다르게 터져 나오는 장력에 대처하기는 더욱 힘들었다.

십전뇌전장을 마주한 무영의 표정에 처음으로 긴장의 기운이 어렸다.

모든 방위를 점하며 쇄도해 오는 장력은 과연 무황성주라는 감탄사가 절로 흘러나오게 만들었다.

잠시 어찌할 바를 모른 듯 서 있던 무영이 두 손을 쭈욱 앞으로 뻗어냈다.

'저런!'

삼장로 유현동(柳玄桐)은 다급성을 삼켰다.

그는 방주전 비밀 장소에 방주를 숨긴 채 철통같은 호위를 하고 있다가 피리 소리와 함께 들려온 무영의 목소리에 바깥의 상황을 살피러 나온 참이었다.

쭉 뻗은 무영의 손에서 두 줄기 장력이 직선으로 뻗어나갔다. 그러나 그것은 위건화가 뿌린 열 줄기 장력을 모두 상쇄시키기에는 부족함이 역력해 보였다.

열 가닥의 장력이 제각각의 방향으로 흩어지며 열 개의 요혈을 향해 파고드는 상황이면 정신없이 손을 흔들어도 힘들 터인데 저렇게 단순하게 쭈욱 뻗어서 어떻게 상대한단 말인가?

'실전 경험의 부족인가?'

삼장로 유현동이 탄식을 삼켰다. 그의 손바닥에 어느새 땀이 축축이 배어 있었다.

파아앗—

무영이 쭉 뻗은 손을 말았다가 다시 펼쳤다.

그러자 장력처럼 뻗어져 나가던 두 줄기 기운이 제각각 다섯 가닥의 지풍으로 흩어져 쏘아졌다.

두 줄기 장력은 실상은 열 가닥의 지풍이었다. 처음 펼치는 순간은 장력처럼 보였을 뿐이다.

파파파팡—

연속적인 파공음이 터지며 다시 흙먼지가 자욱이 솟구쳐 올랐다.

흙먼지가 가라앉을 즈음 놀랍게도 열 줄기의 장력은 열 가닥의 지풍에 막혀 흩어져 버렸다는 것을 알 수 있었다.

그것은 마치 가느다란 바늘이 넓고 두꺼운 얼음 막대기를 분쇄시키는 것과 같은 모습이었다.

'저럴 수가?'

유현동은 두 눈을 부릅떴다.

장력을 지풍으로 상쇄시키다니?

그것도 보통 장력이 아니라 무황성주 단목상군의 절기인 십전뇌전장이었다.

물론 단목상군의 성취에 비해 그 제자의 성취는 아직 비할 바가 아니었지만 십전뇌전장은 그걸 펼쳤다는 것만으로도 태산 같은 무게가 실리는 것이다.

그런 장력을 얼음송곳처럼 파고들어 상쇄시킬 수 있는 지풍은 대체 어떤 것일까?

유현동은 자신의 무공에 대한 지식이 한계에 부딪치는 것을 느꼈다.

"우!"

"우와!"

조양방도들의 입에서도 감탄의 함성들이 터져 나왔다.

한쪽은 정파무림의 패주로 불려도 무리가 없는 무황성주 단목상군이 직접 키운 제자였다. 그리고 다른 한쪽은 정체는 물론, 이름마저도 모르는 청년이었다. 그런데 두 사람의 대결은 백중세를 이루고 있었다.

아직 본격적인 대결은 펼쳐지지 않은 상태였지만 조양방 회기대 복장을 한 청년은 무황성주의 제자를 맞아 한 치의 밀림도 보이지 않았다.

"회기대에 저런 고수가 있었단 말인가?"

"설마 회기대겠어. 정체를 숨긴 이무기겠지."

"그렇지? 어쩐지 최근 회기대원들의 행동이 이상하다 싶었지."

제각각의 소음이 퍼져 나오는 속에서 무영과 위건화는 다시 대치했다.

"인사는 끝났으니 이젠 정식으로 붙어볼까?"

병기의 이점을 살리지 않고 맨손으로는 무영을 꺾을 수 없다는 것을 절실히 느낀 위건화는 표정을 굳힌 채 품속으로 손을 넣어 한 개의 흑섭선(黑摺扇)을 꺼내 들었다.

만년한철로 만들어진 부챗살에 흑잠사로 짠 비단을 붙여 웬만한 도검으로도 베지 못할 뿐 아니라 화기마저 침범하지 못하는 위건화의 독문 병기였다. 조금 전 위건화는 그 흑섭선에서 뻗어나온 부챗살로 이국상의 산알을 모두 튕겨내고 염지검의 목숨을 구했다.

"멋진 물건이군!"

무영이 잠시 위건화의 흑섭선을 쳐다보다가 미소와 함께 품속에서 묵색 철피리를 꺼냈다.

번쩍—

양광에 모습을 드러내자 찬란한 묵광이 쏟아지는 철피리는 위건화의 섭선에 못지않은 기병임을 짐작케 해주었다.

암계나 무공은 물론이고 기병에 있어서도 무영은 위건화에게 한 치의 양보가 없었다.

"보통의 물건은 아니군. 귀기가 진하다는 것이 흠이지만……."

묵피리를 잠시 쳐다보던 위건화가 안광을 빛내며 말했다.

무영은 이채 띤 눈으로 위건화를 쳐다보았다.

웬만한 사람은 철피리에서 흘러나오는 묵광에 압도되어 다른 것은 느끼지 못하지만 위건화는 피리 속에 깊이 숨겨진 귀기까지 감지하고 있었다.

"이젠 네놈을 죽이겠다. 세상에서 가장 고통스럽게!"

위건화가 물씬 살기를 피워 올리며 섭선을 들어 올렸다. 억지로 억눌러 두었던 살기이기에 터져 나오기 시작하자 걷잡을 수가 없었다.

주인의 살기에 감응되었는지 섭선에서도 섬뜩한 냉기가 서리서리 피어올랐다.

"나보다는 자네가 내 무공에 훨씬 더 어울리겠어."

위건화의 몸에서 피어오르는 서릿발 같은 냉기를 보며 무영이 중얼거렸다. 그의 말대로 위건화가 뿌리는 냉기는 정파의 무공을 익힌 사람보다는 사공이나 마공을 익힌 사람들이 뿜어대는 기운에 더 가까웠다.

파앗—

위건화가 섭선을 세차게 흔들었다.

섭선의 끝에서 새파란 광채가 일며 곧이어 한줄기 실처럼 쏘아져 나갔다.

무황성주의 검법을 부채로 펼치며 위건화만의 초식으로 재탄생한 절기였다.

"좋은 수법!"

짤막한 고함과 함께 무영이 피리를 들어 올려 호선을 그었다.

짙은 묵광이 반원을 그리며 커다란 우산처럼 무영의 신형을 감쌌다.

그 묵광에 위건화의 부채에서 쏘아져 나온 청색 실 같은 기운이 부딪쳐 허공으로 비산했다.

좌아악—

첫 번째 공격이 무위로 흘러가자 위건화가 부채를 활짝 펼쳤다. 그리고는 온 세상을 잘라 버릴 듯 세차게 횡으로 그었다.

피피피핑—

묵색 부챗살에서 뻗어나온 경기가 화살처럼 무영을 향해 쏟아졌다.

무황성주의 절기인 검뢰투월(劍雷套月)의 검초를 부채로 펼친 것이다.

언뜻 보아도 열 줄기가 넘어 보이는 경기였다. 그것들이 제각각의 방향, 제각각의 빠르기로 무영을 덮쳐 가자 무영의 신형은 마치 청색 그물에 휩싸이는 듯했다.

청색 그물이 무영의 신형 한 자 앞까지 도달했을 때 무영은 허공을 향해 피리를 찔러들었다.

콰아앙—

묵색 피리에서 뻗어나온 둥근 파문 하나가 청색 그물에 커다란 구멍을 내며 그 속으로 무형의 신형이 솟구쳤다.

"어림없는 수작!"

허공에 뜬 무영을 향해 위건화가 다시 부채를 세차게 그었다.

피피피핑—

아까보다 더 강맹한 청광이 수십 줄기로 변화며 허공에 뜬 무영의 신형을 벌집 낼 듯 꿰뚫어갔다.

"우우—"

연무장 바깥에서 손에 땀을 쥔 채 지켜보던 조양방도들이 자신도 모르게 신음을 토해냈다.

허공에 뜬 무영의 신형은 더 이상 도약을 할 수 없이 속수무책인 데 비해, 땅에 발을 디디고 있는 위건화는 활로 새를 사냥하듯 무영을 공격하고 있었다. 이대로 나간다면 무영은 수십 발의 화살에 꿰뚫린 붕새처럼 떨어져 내릴 것 같았다.

그런 착각이 드는 순간, 무영의 신형이 허공에서 새우처럼 휘어졌다가 비연번신(飛燕翻身)의 수법으로 뒤집어졌다.

몸을 뒤집으며 탄력과 회전력을 얻은 무영이 세차게 피리를 그어 내렸다.

피피피핑—

무영의 피리 끝에서도 묵빛 경기가 수없이 쏟아졌다. 그리고 그 경기들은 위건화의 부채에서 쏟아진 청광을 하나도 남김없이 소멸시켜 나갔다.

슈아악—

허공에 뜬 채 무영이 다시 한 번 몸을 뒤집으며 피리를 뿌렸다.

퍼엉!

폭음과 함께 먹구름같이 두터운 경력 한줄기가 위건화의 전신을 향해 덮쳐 갔다.

위건화의 눈이 잠시 흔들렸다.

허공에 몸을 띄운 채 자신의 공격을 모두 막아내고 이런 역공까지 가하는 무영의 움직임이 가공스러웠다. 그에 더해 몰려오는 경력 역시 절대로 가볍지 않았다.

좌르륵—

활짝 펼쳤던 부채를 신속히 접은 위건화는 무겁게 호선을 그렸다. 그리고는 무영이 철피리로 했던 것처럼 경기의 호신막을 만들었다.

퍼엉—

위건화의 호신막에 부딪친 먹구름이 흑무로 변하며 흩어졌다.

그리고 두 사람은 다시 서로를 마주 보며 대치했다.

막상막하, 용호상박의 형국이었다.

공격을 하는 사람이나 막는 사람이나 한 치의 양보도, 한 치의 부족함도 없었다.

일진일퇴를 거듭하며 두 사람은 원래의 모습으로 서 있었다.

"아주 감동적이야. 옛 무림고수들이 천산의 어느 봉우리에서 칠 주야를 두고 싸웠다는 얘기를 듣고 웃은 적이 있는데 이젠 이해가 되는군. 이런 식으로 싸워서는 이틀도 부족하겠어."

무영이 고개를 절레절레 흔들었다.

부채를 통해 막강하게 몰려오는 위건화의 공력은 정파 무공의 오랜 연륜과 무거움이 고스란히 담겨 있어 정면으로 마주칠수록 간담이 서늘하게 했다. 자신 역시 그에 못지않은 공력을 뿌릴 수 있었지만 이렇게 해서는 언제 대결이 끝날지 가늠하기 힘들었다.

"지금까지는 자네 방식대로 싸웠으니 이젠 내 방식대로 한 번 싸워봄세. 조사동에서 죽을 고생을 하며 익힌 후 누군가를 상대로 펼쳐 보지 못해 큰 궁금증이 일었거든."

무영이 나직하게 웃음을 터뜨렸다. 그와 동시에 그의 몸에서 스멀거리며 기이한 기운이 피어올랐다.

위건화는 눈살을 찌푸렸다.

새벽안개처럼 피어나는 기운은 지금까지와는 판이하게 달랐다.

그것은 마치 마인이 지독한 마성에 휘말려 인간의 본성을 상실할 때나 피어오르는 마기 같았다. 그러나 마기와는 뭔가 다른 사이한 기운이었다.

그 기운에 휩싸이자 무영은 완전히 다른 사람으로 느껴졌다.

사람이 아니라 차라리 아수라 같았다.

"우우!"

신음 같은 탄성 소리와 함께 대연무장 주변을 메운 조양방 도들이 자신도 모르게 몇 걸음씩 뒤로 물러났다.

위건화는 등줄기로 한줄기 식은땀이 흘러내리는 것을 느꼈다.

돌변하는 무영의 기운에 자신도 모르게 긴장하고 있었던 것이다.

"후후!"

아수라의 입에서 인간의 웃음소리가 울렸다.

이제까지와는 너무 다른 이질적인 기운이 느껴지는 무영의 미소에 위건화는 물론 한참 떨어진 곳에서 지켜보던 조양방도들도 뭔지 모르게 가슴이 철렁하는 기분을 느끼고는 불식간에 심호흡을 했다.

휘익―

미소를 거둔 무영이 피리를 슬쩍 흔들자 피리 끝에서 기이한 파공음이 일었다. 그리고는 암홍색 안개가 피어오르며 무영의 신형을 감싸갔다.

귀기를 감추고 있던 묵색 철피리의 진가가 드러나는 순간이었다.

피이잉―

무영이 다시 피리를 흔들었다.

조금 더 강한 음파가 터져 나오고 암홍색 안개 역시 조금 더 짙게 퍼져 나갔다.

두 번의 피리 소리와 함께 무영의 신형은 암홍색 안개 속에서 완전히 감추어져 버렸다.

"어디서 사술 따위를!"

무영의 신형을 삼킨 암홍색 안개를 바라보며 위건화는 냉 랭한 콧방귀와 함께 섭선을 세차게 흔들었다. 동시에 좌장도 쭈욱 뻗었다.

휘이잉―

퍼엉―

두 줄기 이질적인 소음이 한꺼번에 터져 나왔다.

바람 소리는 부채에서 쏟아지는 막강한 섭선풍이었고, 폭 음은 좌장에서 터져 나오는 장력이었다.

위건화는 무영의 암홍색 안개를 섭선풍으로 날려 버림과 동시에 좌장을 뻗어내어 무영을 공격한 것이다.

그런데…….

섭선풍에 흩어져야 할 암홍색 안개는 범위를 더 크게 넓혀 갔고 무영의 가슴을 두드려야 할 장력은 동혈 속으로 빨려든 듯 사라져 버렸다.

쉬이익―

놀랄 새도 없이 처음보다 두 배는 더 넓게 영역을 확장시킨 암홍색 안개가 위건화를 향해 덮쳐 갔다.

위건화의 표정이 눈에 띄게 굳어졌다.

무슨 조화를 부렸는지 아무리 안력을 돋우어도 암홍색 안 개 속은 꿰뚫어 볼 수가 없었다. 그러니 무영의 존재는 시각 을 제외한 다른 감각으로 찾아야 했는데 암홍색 안개 속에서 연신 흘러나오는 날카로운 피리 소리는 청각마저 무력화시켰다.

파파팡—

대경한 위건화가 부채를 활짝 펼친 채 사정없이 흔들었다.

만년한철로 된 부챗살에서 흑색 경기가 사방으로 퍼져 나갔다. 그러나 그것마저 암홍색 안개 속으로 속절없이 빨려들어 갔다.

암홍색 안개 속에서 펼치는 무영의 수라흡혼 때문이었다. 그러나 그것은 짙은 안개 속에 덮여 있는 아무에게도 드러나지 않았다. 너무나 패도적인 무공이기에 아직까지는 만인환시리에 펼치지 말아야 했기 때문이다.

쉬이익—

"엇!"

갑자기 왼쪽 목덜미 쪽으로 섬뜩한 기운이 몰려오는 것을 느낀 위건화가 경호성과 함께 섭선을 쳐올렸다.

쾅!

처음으로 실체와 실체가 부딪치며 큰 폭음이 터졌다. 그와 동시에 위건화의 신형이 일 장가량 주르르 뒤로 밀렸고, 밀려오던 암홍색 안개도 주춤 그 자리에 멈춰 섰다. 그러나 그것은 극히 짧은 순간의 일, 다시 암홍색 안개가 먹구름처럼 위건화를 향해 덮쳐들었다.

'대체!'

위건화는 기막힌 심정이 되어 이를 악물었다.

대개의 사술은 어둠이나 음영에서 그 힘을 제대로 발휘한다. 이런 양광 속에서 짙은 안개를 피워 올리는 것은 금시초문이다. 또한 자신의 공력마저 씻은 듯이 사라져 버리는 안개라니…….

사아악─

다시 음습한 기운 한줄기가 칡넝쿨처럼 뒤엉키며 가슴을 향해 쏘아져 들었다.

위건화는 신속히 신형을 틀며 그 기운을 향해 장력을 터뜨렸다.

퍼엉─

음습한 기운 속에서 실체 하나가 허공으로 솟구쳤다.

인간의 형상을 한 실체였다.

'됐다!'

위건화는 속으로 쾌재를 터뜨렸다. 자신의 장력에 무영의 실체가 걸린 것이다.

그러나 그것은 실체가 아니었다. 그것은 기이한 도형이 그려진 부적이었다. 부적 한 장이 인간의 형상을 하고 날아들다가 장력에 부딪치며 종이쪽지로 찢겨 허공에 나부꼈다.

퍼엉─

부적에 신경이 뺏긴 사이, 한줄기 장력이 위건화의 가슴을 두드려 왔다.

피하기에는 너무 늦었다.

위건화는 급히 호신강기를 끌어올려 가슴을 보호했지만 가슴 부근의 옷이 터져 나가며 그 충격이 온몸으로 전해졌다.

'으윽!'

위건화는 답답한 비명을 삼키며 주르르 뒤로 밀려났다.

기를 쓰며 그 자리에 멈추려고 하는 그의 발뒤축에 깊은 고랑이 파여 두 발이 발목까지 아래로 빠져들었다. 그리고는 겨우 신형이 멈추어졌다.

"우—"

"우와!"

처음으로 드러나는 우열에 조양방도들이 억눌렸던 탄성을 마음껏 토해냈다.

삼장로 유현동도 자신도 모르게 팔을 번쩍 들며 고함을 쳤다.

이제까지는 너무나 백중세였다.

장력은 서로 상쇄되며 허공에 흩어졌고 그 위력도 우열을 가릴 수 없었다. 그런데 무영이 환술을 펼침과 동시에 위건화가 당황하며 장력에 격중당하고 밀려났다.

"친구! 벌써 밑천을 드러낸 것인가? 그럼 실망이 크네."

암홍색 안개 속에서 모습을 드러낸 무영이 조롱기 섞인 말을 던져 왔다.

"사악한 놈!"

뒤로 밀리는 신형을 겨우 바로 세운 위건화가 일갈과 함께 부채를 세차게 던졌다.

파아앙—

활짝 펼쳐진 부채가 비발(飛鉢)처럼 회전하며 무영을 향해 날아들었다.

무영이 철피리로 부채를 내려쳐 갔다.

그 순간 부채가 급속히 방향을 변화시키며 무영의 허리를 잘라들었다.

무영의 눈에 당혹감이 어렸다. 날아오던 물체가 이런 식으로 급격한 방향 전환을 할 수는 없다. 설사 이기어검이라도 이런 각도는 힘들다.

그 이유는 곧 밝혀졌다.

'은사?'

부채에는 눈에 보이지 않는 은사가 달려 있어 허공중에서 자유자재로 방향을 바꿀 수 있었던 것이다.

스슷—

부채가 무영의 허리를 가르려는 순간 무영의 신형이 두 개로 갈라졌다.

파앗—

은사가 달린 부채가 무영의 허리를 갈랐지만 그것은 허상이었다. 실상은 두어 자쯤 옆에서 솟아올랐다.

"내가 사악하다면 자넨 간교한 친구일세. 그럼 피장파장인가?"

고함과 함께 무영이 다시 피리를 흔들었다.

어느새 그의 왼손에도 옥피리가 들려 있었다.

삐이익—

고막을 후벼 파는 소성(簫聲)이 옥피리에서 흘러나왔다. 그 소성과 함께 위건화 앞의 공간이 급격히 일그러졌다. 나아가 무영의 신형도 같이 일그러졌다.

"개수작!"

눈을 가늘게 뜬 위건화가 손을 흔들었다.

부채가 다시 허공을 갈랐다. 가를 뿐만 아니라 부챗살이 모조리 튀어나오며 무영을 향해 쏘아졌다.

무영이 양손으로 두 개의 피리를 흔들었다. 그리고는 입술을 달싹거렸다.

삐이익—

한층 더 큰 소성과 함께 무영의 신형이 더욱 심하게 일그러지며 종내는 위건화의 시야에서 사라졌다.

무영이 조사동에서 익힌 일소혼원(一嘯混元)의 무공이었다.

온 감각을 끌어올려 무영의 존재감을 찾으려 하던 위건화가 찢어져라 두 눈을 부릅떴다. 자신의 내식이 급격히 흐트러진 것을 느낀 때문이었다.

'내력이 제대로 모이지 않는다!'

위건화는 속으로 비명을 질렀다.

무공을 익힌 이후 이런 경험은 처음이었다. 그리고 이런 괴사는 들어본 적도 없었다.

휘파람 소리 같은 한 가닥 피리 소리가 들리며 자신도 모르는 사이에 내식이 급격히 흐트러지며 진기의 운용이 마음대로 되지 않았다.

음공의 절대고수를 만나면 그렇게 된다는 말을 들은 적이 있지만 그건 그야말로 몇백 년에 한 번 나올까 말까 한 경우였고, 그때는 극심한 충격을 먼저 느낀다. 그런데 이건 가랑비에 옷이 젖듯 자신도 모르는 사이에 그렇게 되고 말았다.

무서운 일이었다.

충격을 느꼈다면 대비라도 하지만 이 수법은 대비할 생각도 하기 전에 의식도 못하는 사이 당하고 만다.

퍼억—

위건화의 옆구리에서 파육음이 터져 나왔다.

심적 충격으로 허둥대는 위건화의 측면을 파고든 무영이 소엽퇴(掃葉腿)의 수법으로 위건화의 허리를 걷어찬 것이다.

"큭!"

단말마와 함께 위건화가 바닥을 굴렀다.

"이제부터 시작일세, 친구!"

사라졌던 무영의 신형이 급격히 허공으로 날아오르며 집채만큼 커다랗게 변한 무영의 손바닥이 바닥에 뒹굴고 있는 위건화를 덮쳐 갔다.

가공할 천균압타(千鈞壓駝)의 수법이었다.

'밀종대수인!'

그렇게 착각한 위전화가 기겁을 하며 등을 땅바닥에 고정시킨 채 쌍장을 내밀었다.

콰아앙―

조양방을 날려 버릴 듯한 폭음이 울리며 무영의 커다란 손바닥이 산산조각으로 흩어졌다.

그 여파로 무영은 허공으로 일 장 가까이 다시 솟구쳐 올랐고, 위건화의 신형은 땅속으로 한 자가량 박혀들었다.

위건화는 땅속으로 파고든 등이 으스러지는 듯한 통증을 느끼며 이를 악물었다.

손바닥에 깔리며 육포 신세가 되는 것은 면했지만 기혈이 온통 진탕되고 있었다.

비로소 무영이 이제껏 자신을 상대로 스스로의 무공을 시험하고 있었다는 것을 알 수 있었다. 다시 마주한 장력에서는 아까와는 전혀 다른, 자신으로서는 감당하기 힘든 거대한 압력이 느껴졌다. 바닥에 등을 눕힌 상태가 아닌, 두 발로 서서 장력을 맞받았다면 사정없이 뒷걸음질을 쳤을 것이다.

"이런 것도 있네, 친구!"

허공에 떠올랐던 무영의 신형이 팽이처럼 회전하며 떨어져 내렸다.

무서운 회전력과 함께 그대로 못을 박듯 위건화의 몸을 꿰뚫어 버릴 것 같은 공격이었다.

표창이 박히듯 꼿꼿이 몸을 세워서 떨어져 내리는 삽신착지(揷身着地)의 수법이었다. 거기에다 엄청난 회전력까지 가미되어 있었다.

위건화가 대경실색하며 몸을 솟구쳐 올려 옆으로 피했다.

위건화의 몸이 솟구침과 동시에 그 자리에 어마어마한 속도로 회전하는 무영의 신형이 떨어져 내렸다.

파앗—

무영의 신형이 물속으로 떨어지는 화살처럼 땅을 파고들며 사라졌다. 그런데도 그 자리에는 작은 구멍마저 보이지 않았다.

"지둔술!"

위건화가 급히 신형을 이동시켰다.

땅을 파고든 무영의 수법은 은둔술의 일종인 지둔술이었다.

땅속 몇 장 깊이까지 파고들어 몸을 숨기기도 하고 그 상태에서 땅속을 이동하기도 한다. 그러니 또 어느 곳에서 솟아오를지 알 수가 없었다.

파아앗—

발밑의 땅거죽이 갈라지며 무영의 신형이 솟구쳐 올랐다.

위건화가 쾌속하게 신형을 틀며 은사를 당겨 회수한 흑섭선을 세차게 뿌렸다. 그러나 한발 앞서 무영의 피리가 위건화의 허리를 쓸어왔다.

지금까지의 대결 중 가장 위험한 순간이었다. 그리고 상대의 무기가 가장 가까이 접근한 순간이었다. 아무리 급격히 허리를 틀어도 피리 끝이 허리 한쪽을 할퀴고 지나가는 상처는 면할 수 없을 것 같았다.

'살을 주고 뼈를 취한다!'

독하게 마음을 먹은 위건화가 섭선을 앞으로 찔러 넣었다. 그러나 섭선에서는 아무런 느낌이 전해지지 않았다. 어느새 신형을 이동시킨 무영이 피리로 반대쪽 허리를 갈라왔다.

파아앗—

무영의 피리가 위건화의 허리를 가르려는 순간, 쾌속하게 날아온 철구 하나가 무영의 가슴을 파고들었다.

작은 메추리알만 한 철구였다. 그러나 철구에 실린 힘이 절대로 만만치 않았다.

무영이 피리의 궤적을 바꾸어 철구를 튕겨냈다.

따앙—

철구가 박살 나며 허공으로 비산했다.

무영이 훌쩍 뒤로 물러나며 철구를 날린 장본인을 찾았다.

언제 나타났는지 연무장 한쪽에 세 명의 중년인이 서 있었다.

단목진희를 호위하던 수신오위 중 세 명이었다.

第二十九章
방해 (妨害)

장흥관일

“하아—”

땅이 꺼질 듯한 단목진희의 한숨 소리가 허공을 가로질렀다.

벌써 몇 시진째 고뇌에 잠긴 단목진희는 다시 한 번 긴 한숨을 내쉰 후 벌떡 자리에서 신형을 일으켰다.

“아가씨, 왜……?”

단목진희 곁에 남은 두 명의 수신오위 중 한 사람인 이지송(李支送)이 조심스런 표정으로 단목진희를 쳐다보았다. 신형을 일으킨 그녀가 황급히 걸음을 옮겨 벽장문을 열었기 때문이다.

"가야겠어요!"

단목진희가 벽장 속에 숨겨둔 검을 끄집어내며 단호하게 말했다.

"삼공자님께 말입니까?"

이지송이 물었다.

"그래요. 가서 도와주어야겠어요."

"삼공자님은 크게 걱정 안 하셔도 될 겁니다. 혁련 형님을 비롯한 세 명을 보내지 않았습니까?"

또 다른 호위 임대봉(林大奉)이 차분한 음성으로 단목진희를 달래듯 말했다.

"아니에요. 우리도 도와줘야 해요. 어쩐지 예감이 좋지 않아요."

단목진희는 서둘러 검을 허리에 찼다.

그녀의 뇌리에 얼마 전 위건화와 둔 바둑 한 판이 다시 떠올랐다.

암중인이라 생각하며 아무렇게나 던진 흑돌!

그 바둑돌은 전혀 예기치 않은 곳에 자리하여 끝까지 백의 진로를 방해했다. 급기야 백진을 유린하기까지 하며 위건화에게 패배를 안겨주었다. 그 사실이 내내 단목진희의 뇌리에서 떨쳐지지 않았다.

만약 암중인이 자신의 예측보다 더 뛰어난 인물이라면 아무리 삼사형이라 하더라도 위험에 처할 수도 있는 일이었다.

가슴 가득 차오르는 불신감과 혐오감은 잠시 억눌러 두고 지금은 임무의 완수가 우선이었다.

"알겠습니다. 그럼 즉시 떠나기로 하지요."

이지송이 고개를 숙인 후 뒤로 물러났다.

잠시 후 세 사람은 은신처에서 나온 후 저잣거리를 벗어나 한적한 관도에 이르렀다.

"이곳에서부터는 경공술을 펼치도록 해요."

단목진희가 초조한 표정으로 말하며 주변을 살폈다. 다행히 주변에는 인적이 드물었다. 쉬지 않고 경공을 펼친다면 반시진 안에 조양방에 도달할 수 있을 것이다.

"알겠습니다. 저희들이 양쪽에 서겠습니다. 아가씨께서는 가운데에서 경공을 펼치십시오."

이지송과 임대봉이 각각 단목진희의 좌우에 위치를 잡으며 공력을 끌어올렸다.

"엇!"

막 발끝으로 땅을 박차려던 이지송이 짧은 경호성을 내지르며 쾌속하게 검을 뽑았다.

번쩍!

이지송의 검이 시린 검광을 토하며 허공을 갈랐다.

검이 지나간 자리에 작은 물체 두 개가 허공으로 솟구쳐 올랐다.

두 조각난 물체는 나뭇잎이었다.

　푸른 생기를 그대로 간직한 나뭇잎은 애초에는 한 조각이었다가 이지송의 쾌검에 의해 두 조각으로 잘려 허공으로 솟구치고 있었다.

　"웬 놈이냐?"

　임대봉도 어느새 검을 뽑은 채 숲 속을 노려보며 고함을 질렀다.

　조금 전 이지송이 자른 나뭇잎은 평범한 것이 아니었다.

　한 장의 나뭇잎에 무거운 공력이 실려 있어 그 자체로 한 개의 날카로운 암기였다. 보통 사람이나 하급무사에게라면 그대로 살을 뚫고 들어 치명상을 입히고 말 정도였다.

　스스슥!

　풀줄기가 흔들리며 그 속에서 한 인영이 나타났다.

　"어엇!"

　인영을 대면하자마자 이번에는 임대봉이 경호성을 토했다.

　숲을 헤치고 나타난 인영의 얼굴 반쪽에는 아무런 무늬도 없는 황금빛 가면이 덧씌워져 있었다. 그 가면은 인영이 걸음을 움직일 때마다 양광을 반사시켜 찬란한 금광을 토해냈다.

　'으음!'

　단목진희도 신음을 삼키며 수풀을 헤치고 나타난 인영을 주시했다.

　"안녕들 하시오?"

　수풀 속에서 완전히 벗어나 관도 한쪽으로 내려선 괴인영은 가볍게 고개를 숙이며 인사를 건넸다.

기괴한 모습과는 달리 중저음의 목소리와 부드러운 행동은 잔뜩 끌어올렸던 경계심마저 무너뜨려 버릴 것 같았다. 그러나 한 장의 낙엽을 암기처럼 날리며 자신들의 행동을 저지시킨 사내였기에 절대로 마음을 놓을 수 없었다.

"누구냐, 네놈은?"

이지송이 차가운 음성으로 물었다. 그러면서 그는 암암리에 내공을 극한으로 끌어올렸다.

아직 일 합도 나누어보지 보지 않았지만 먼 거리를 나뭇잎을 날려온 수법으로 보나, 전신에서 자연스레 풍겨 나오는 기운으로 보나 절대로 만만한 상대가 아님을 본능적으로 느낀 것이다.

"내 정체에 대해서는 당분간은 밝힐 수 없는 입장이니 양해해 주시오. 굳이 칭호가 필요하다면 가면공자 정도로 해둡시다."

황금 가면의 청년이 반쪽짜리 미소와 함께 다시 고개를 숙였다.

여전히 기품있으면서도 중후한 무게감이 느껴지는 모습이었다. 그러나 그것이 이지송과 임대봉에게는 더욱 긴장을 불러일으켰다.

"우리를 막은 이유가 뭐죠?"

단목진희가 나서며 날카로운 음성으로 물었다.

그런 그녀의 눈에는 대번에 짙은 적의가 빠르게 번져 나갔다.

그 누구도 자신들의 움직임을 몰라야 했는데 이런 상황에 이런 곳에서 불쑥 나타난 사람이라면 위험하기 짝이 없는 존재였다.

"친구의 부탁을 받았소."

"친구?"

"그렇소. 하지만 그 친구의 정체 역시 밝힐 수 없음을 양해해 주시오."

가면공자가 다시 정중하고 부드럽게 답했다.

단목진희는 그 친구라는 사람이 암중인임을 직감했다.

위건화의 은밀한 계략을 철저히 방해하며 단목진희 자신의 존재마저 알아내고는 서찰을 보내 온통 혼란에 빠지게 만든 자라면 이런 사람을 부릴 수 있을 것 같았다.

단목진희는 전신으로 냉기가 스며드는 느낌에 자신도 모르게 진저리를 쳤다.

자신에게 의문의 서찰을 보낸 자가 암중인이란 것은 알았지만 이렇게 가까이 접근했으리라고는 상상도 하지 못했다. 그런데 자신들의 처소마저 파악하고 이런 인간까지 자신들 주변에 붙여놓았다는 것을 생각하니 재차 소름이 끼쳐 왔다.

단목진희는 낮은 호흡과 함께 자신을 다잡았다.

"그 사람이 무슨 부탁을 했다는 말인가요?"

"당신들을 저지해 달라는 부탁이었소. 생포해 주면 더욱 좋다는 말과 함께. 전혀 내키지 않지만 그 친구에게 빚진 게 많아서 어쩔 수 없소.”

“우리가 누군지 알고…….”

단목진희는 마지막 확인을 했다.

“이름은 단목진희, 무황성주의 금지옥엽, 그리고 곁에 계신 분들은 수신오위 중 두 명, 다른 세 명은 한 시진 전에 삼공자 위건화에게로 합류!”

가면공자가 서류를 읽듯 짤막짤막하게 토해냈다.

가면공자의 말을 들은 임대봉과 이지송의 표정이 밀랍처럼 굳어졌다.

그간 은밀하게 움직인 자신들의 행적이 정체 모를 이놈에게 낱낱이 파악되고 있었다. 그것은 싸우기도 전에 반은 패하고 들어가는 것이나 마찬가지였다.

챙―

단목진희는 혼란스런 표정을 하고 있는 호위들의 주위를 일깨우며 신속히 검을 뽑아 들었다.

“시간이 없으니 합공해요!”

단목진희는 차가운 음성으로 소리쳤다.

시간이 촉박해서 어서 처치해야 한다는 말로 자신들의 합공을 정당화시킴과 동시에 자신까지 싸움에 참여하겠다는 의사를 분명히 하여 두 호위의 만류를 사전에 차단하는 명쾌한 지시였다.

"하얏—"

지시를 내림과 동시에 단목진희는 가면공자를 향해 검을 휘둘러 갔다.

멍하니 서 있던 두 명의 호위도 대경한 모습으로 양쪽에서 짓쳐들었다.

가면공자가 슬쩍 눈살을 찌푸리며 상체를 흔들었다.

스스슥!

가면공자의 신형이 폭풍 앞의 갈대처럼 흔들리며 옆으로 이동했다.

콰앙—

목표를 놓친 단목진희의 검이 애꿎은 땅을 가격하며 흙먼지를 피워 올렸다.

"처음부터 합공이라……. 무황성답군."

일 장 정도 옆에서 솟아나듯 몸을 이동시킨 가면공자가 스산한 음성으로 중얼거렸다.

단목진희는 흠칫 신형을 굳혔다.

조금 전의 듣기 좋은 중저음의 목소리와는 판이하게 달랐다. 마치 유부에서 울리는 듯 냉기가 가득 담긴 목소리는 언뜻 마기(魔氣)마저 느껴졌다.

뭉클!

뒤이어 청년의 몸에서도 소름을 끼치게 만드는 기운이 피어올랐다.

'마교?'

이지송이 속으로 고함을 질렀다.

청년의 몸 주변에서 지옥의 화마처럼 물씬거리며 피어오르는 기운은 분명 마도인들이 피워 올리는 극강의 마기였다.

뭇 사람들의 말을 통해서도 익히 알았고, 대공자 석모광이 마련을 무너뜨리고 은밀히 구해온 마공 비서의 내용을 직접 견식하였기에 더욱 확실히 알 수 있었다.

'저건?'

이지송의 눈이 기광을 토했다.

으스스한 마기를 피워 올리는 가면공자의 왼손이 눈에 들어왔기 때문이다. 아니, 정확히 말한다면 가면공자의 오른쪽 손등에 있는 기이한 모양의 점이 눈에 들어왔기 때문이다.

그의 손등에 물감을 칠한 듯 번져 있는 초생달 모양의 붉은 반점!

'주마룡(酒魔龍)!'

이지송은 한 개의 별호를 떠올렸다.

운남성 남부를 중심으로 급격히 세를 불려오던 마도의 후기지수 중 욱일승천하던 한 청년의 별호였다.

무공보다는 술을 더 좋아하고, 그래서 주마룡이란 별명을 얻었다고 했다. 그리고 그의 이름은 부연호(扶燃昊)였다.

이지송은 다시 한 번 가면공자의 오른쪽 손등을 주시했다.

주마룡 부연호가 틀림없었다.

'죽지 않았난 말인가?'

이지송은 목구멍 속으로부터 쓰디쓴 기운이 역류하는 것을 느꼈다.

저놈이 주마룡이 맞는다면 대공자 석모광에 의해 죽었어야 했다.

그런데 어떻게 이렇게 멀쩡히 살아 있단 말인가?

이지송의 뇌리에서 경종이 울렸다.

지옥의 화마 속에서 살아남은 저자가 잔당들을 불러 모아 다시 힘을 기르려고 한다면? 그리고 암중인이라는 마귀 같은 놈과 힘을 합치기라도 한다면?

세상은 더없이 혼란스러워지고 무황성에도 적지 않은 위협이 될 것이다.

싹을 키우기 전에 죽이는 것이 최선이다.

이지송은 잔뜩 살심을 끌어올렸다.

"날 알아보는 눈치군!"

주마룡 부연호가 이지송을 쳐다보며 말했다. 그리고는 이지송의 시선을 따라 자신의 손등을 쳐다보았다.

"후후!"

손등을 뒤로 돌린 부연호가 차가운 웃음을 흘렸다.

"나중에 마음씨 고운 내 친구가 살려주겠다고 해도 내가 당신을 살려줄 수 없겠는걸."

부연호가 차갑게 이지송을 쳐다보았다.

"그건 내가 할 소리다. 하앗!"

기합성과 함께 이지송이 검을 휘두르며 주마룡 부연호에게로 달려들었다.

"함께 쳐요!"

뒤를 따라 단목진희와 임대봉이 양쪽에서 달려들었다.

"후후!"

주마룡 부연호가 냉소와 함께 한 손을 들어 올렸다.

슈아악—

부연호의 손에서 시퍼런 불길이 이글거리는가 싶더니 그 불길은 어느새 커다란 화염 덩어리가 되어 이지송을 향해 쏟아져 갔다.

"차앗!"

이지송이 직도양단의 수법으로 세차게 검을 내려쳐 지옥 화마와 같은 불덩이를 잘라갔다.

파츠츠—

마른 나뭇가지가 세찬 불길에 타들어가는 소리가 나며 불덩이가 두 개로 갈라졌다. 그리고는 이지송의 양옆으로 흩어져 갔다.

"과연!"

부연호가 감탄사와 함께 반대쪽 손을 쭈욱 내밀었다.

이지송을 향해 일장을 날리는 사이, 다른 방향에서 단목진희와 임대봉이 난도질할 듯 검을 휘둘러왔기 때문이다.

퍼엉—

폭음과 함께 부연호의 왼손에서 흑광이 번쩍였다. 이윽고 그 흑광은 짙은 흑무가 되어 단목진희와 임대봉에게로 몰려들었다.

임대봉의 얼굴이 창백해졌다.

저 검은색 흑무는 마련의 고수들이 자랑하던 흑천마화(黑天魔火)라는 무공이었다.

겉보기에는 단순한 흑무 같았지만 그 안에는 마교의 패도적인 힘이 숨겨져 있어 제대로 격중당하면 겉은 멀쩡하더라도 심맥이 가닥가닥 끊어지고 만다.

“피하십시오, 아가씨!”

임대봉이 고함과 함께 손에 든 검을 종횡으로 각기 다섯 번씩을 휘둘렀다.

눈 깜짝할 사이에 종과 횡으로 다섯 번씩의 검격을 퍼붓는 임대봉의 무위는 일검에 지옥화마를 두 쪽으로 가르는 이지송에 못지않았다.

츠츠츠—

여러 가닥으로 갈라진 흑무에서 고막을 긁어대는 소음이 울리며 허공으로 흩어지는 듯했다. 그러나 다 자르지 못한 한 줄기 흑무가 임대봉의 심장을 향해 포탄처럼 밀려왔다.

임대봉이 필사적으로 한 번의 검격을 더 가했으나 밀려드는 흑무가 한발 빨랐다.

임대봉은 급급히 호신강기를 끌어올렸다.

필사적인 검격 이후에 너무 황급히 끌어올리는 호신강기인지라 그 위력이 반감되었지만 심장이 터지고 심맥이 가닥가닥 끊기는 최악의 상황은 모면할 수 있을 것이다.

"하앗!"

흑무가 막 임대봉의 가슴을 두드리려는 찰나 앙칼진 고함소리와 함께 번쩍하고 백광이 터져 나왔다.

무황성주 직계에게만 전수되는 패왕전뢰장(覇王電雷掌)이 터지며 발출되는 광채였다.

일성의 내력만 실어도 능히 바위를 쪼갠다는 패왕전뢰장이 부연호가 터뜨린 흑천마화에 부딪쳐 폭음을 토했다.

자욱하던 흑무가 일시에 걷혔다. 그리고 주변의 상황이 한눈에 들어왔다.

낭패한 얼굴로 호신강기를 끌어올렸던 임대봉이 감탄한 표정으로 단목진희를 쳐다보았다.

철부지로만 생각했던 단목진희가 뜻밖에도 성주의 구명절기를 익히고 있었다. 비록 오성의 성취밖에 이루지 못했지만 위기에서 자신을 구하기에는 충분했던 것이다.

"역시 범의 새끼라는 말인가?"

주마룡 부연호가 단목진희를 쳐다보며 빙긋 미소를 지었다.

한쪽은 무표정한 채 반쪽만으로 짓는 미소였기에 더욱 섬뜩한 느낌을 안겨주었다.

"어려워. 절대로 쉽지 않겠어."

미소를 거둔 부연호가 절레절레 고개를 흔들었다.

엄살 같기도 하고 이런 일을 맡긴 장본인에 대한 투정 같기도 했다. 그러나 조금도 초조해하거나 자신없는 기색은 보이지 않았다.

[아가씨, 저놈은 마련의 후예입니다. 기필코 처치해야 합니다.]

이지송이 단목진희를 향해 전음을 날렸다.

마련이라는 말에 단목진희가 흠칫 표정을 굳혔다. 그녀 역시 대사형 석모광에 의해 마련이 모두 궤멸되었다고 알고 있었던 것이다.

[그렇게 해요.]

잠시 후 단목진희가 보일 듯 말 듯 고개를 끄덕였다.

그녀에게는 부연호의 정체 따위는 문제가 아니었다. 지금 그녀에게 중요한 것은 앞을 막아선 자를 최대한 빨리 처치하고 위건화에게로 달려가야 한다는 것이었다.

자신들의 정체까지 정확히 파악하고 이런 자를 시켜 앞을 막을 정도라면 암중인은 자신이 우려했던 것보다 몇 배는 더 위험한 자라는 생각이 들었다.

'경솔했어.'

단목진희는 가슴을 파고드는 후회감에 입술을 깨물었다.

놈의 암계에 휘말려 대의를 잠시 잊어버렸다. 그래서 지금 이런 결과에 봉착한 것이다.

비록 화설금과 삼사형 위건화의 관계가 사실일지라도 그건 차후에 추궁할 문제였다. 그런 후에 자신과의 관계를 결정해도 늦지 않았다. 우선은 모든 것을 덮어두고 예정된 시간에 수신오위를 모두 이끌고 조양방으로 달려가야 했다. 다섯 호위와 함께라면 이자가 앞을 가로막았어도 이렇게 시간을 빼앗기지는 않았을 것이다.

지금쯤이면 삼사형 위건화도 분산된 전력 때문에 고초를 겪든지 위기에 처해 있을 확률이 높았다.

질끈!

단목진희는 다시 한 번 입술을 깨물었다.

무리를 하더라도 이자를 쓰러뜨리고 달려가야 한다.

[제가 정면을 공격하겠어요. 그러면 촌각의 순간 틈이 생길 겁니다. 그때를 놓치지 마세요.]

이지송에게 다시 전음을 날린 단목진희는 단전에 쌓인 내력을 한 점 남김없이 끌어올렸다.

우우웅―

단목진희의 검이 주인의 내력을 이기지 못하고 무거운 검명을 토해냈다.

슈욱―

검이 터져 나갈 듯 진동하는 순간 단목진희가 부연호의 심장을 향해 검을 쭈욱 뻗었다.

단순한 선인지로의 초식이었다. 그러나 그 초식을 맞이하는 부연호에게는 절대로 그것이 아니었다.

미세하게 진동하던 검이 어느 순간 수십, 수백 개로 쪼개지더니 그것이 모두 실체가 되어 부연호의 전신을 향해 쑤셔들었다.

그것은 무황성주 독문 검법 중 검뢰무애(劍雷無涯)의 초식이었다.

"하아앗—"

검뢰무애의 수없이 많은 검기가 부연호의 전신을 벌집으로 만들려는 찰나, 부연호가 한줄기 기합성을 터뜨리며 오른손을 세차게 휘둘렀다.

파치치치칭—

부연호의 오른쪽 팔과 검뢰무애의 검기들이 부딪치는 듯한 착각과 함께 기괴한 연속음이 터졌다.

그것은 결코 인간의 육신과 검이 마주치며 터져 나올 수 있는 소리가 아니었다.

그 짐작을 증명하듯 부연호의 소맷자락에서 금광이 작렬했다. 소매 속에서 솟아오른 한 자루 연검이 발출하는 금속광이었다.

적수공권인 줄 알았던 부연호는 소매 속에 연검 한 자루를 소지하고 있었던 것이다.

주르르—

연검으로 펼치는 검법이 놀라운 수준이었지만 무황성주의

독문검법인 검뢰무애의 초식을 무시할 수 없었던지 부연호의 신형이 두어 걸음 정도 뒤로 밀렸다. 그 순간, 이지송이 부연호의 좌측 측면을 쇄도해 들었다.

다급하게 몸을 튼 부연호가 쾌속하게 연검을 휘둘렀다.

부연호의 연검이 이지송의 목을 향하기에 한발 앞서 이지송의 검이 부연호의 허리를 스쳤다.

파앗―

부연호의 허리에서 한줄기 핏물이 튀었다. 뒤이어 이지송의 어깨가 부연호의 연검에 의해 쩍 갈라졌다.

"으윽!"

이지송이 짧은 비명을 삼켰다.

자신이 선공을 했지만 상처는 더 크게 입었다.

이지송은 불식간에 단목진희를 쳐다보았다.

단목진희의 표정이 딱딱하게 굳어 있었다. 그녀 역시 이런 상황은 예측하지 못한 것 같았다. 두 사람의 합공이면 부연호를 쓰러뜨리든지, 그러지는 못하더라도 큰 상처 하나쯤은 입힐 줄 알았는데 부연호의 상처는 피륙에 그쳤고 오히려 이지송의 어깨가 더 크게 벌어졌다.

"역시 멋진 친구야! 그 친구에게서 특훈을 받지 않았으면 벌집이 되고도 남았겠어. 정말 멋진 검초에 멋진 합격이었어. 목적을 위해서는 수단과 방법을 가리지 않는 무황성다워."

부연호가 칭찬인지 조롱인지 모를 소리를 하며 허리를 쓰다듬었다.

그의 손바닥에 피가 묻어 나왔다.

'쩝!'

부연호는 속으로 입맛을 다셨다.

심각하지는 않지만 상처를 입었으니 차츰 동작이 느려지고 파탄이 드러날 수도 있었다. 그러면 충분히 시간을 끌지 못하고 보내줄 수밖에 없다.

'그냥 죽여 버릴까?'

부연호는 인상을 쓰며 단목진희를 쳐다보았다.

이판사판으로 부딪쳐 나간다면 자신은 병신이 되더라도 단목진희는 죽일 수 있을 것이다. 성질대로라면 그렇게 하고 싶었다.

'그러다간 그 친구에게 피 곤죽이 되도록 맞아 죽겠지? 젠장!'

고개를 흔든 부연호가 연검에 공력을 불어넣었다.

휘청거리던 연검이 찌잉! 하는 소리와 함께 독사 대가리처럼 고개를 치켜들었다.

"자아— 한 칼씩들 먹었으니 인사는 됐고, 이제부터 제대로 해봅시다."

부연호가 빙긋 반쪽짜리 웃음을 흘린 후 기이한 자세로 연검을 쳐들었다.

第三十章

파황객(破荒客)

장흥관일

'같이 오지 않았단 말이지?'

탄환처럼 철구를 날려온 자들을 쳐다보던 무영의 입꼬리에 희미한 미소가 번져 나갔다.

단목진희는 보이지 않았고 그녀의 호위 다섯 중 세 명만 나타났다는 것은 자신의 의도가 예상보다 몇 배는 더 잘 먹혀들었다는 말이다.

조일형이라는 이름의 사내에게 서찰을 전했을 때에는 반도 확신하지 못했다.

화설금으로부터 무황성주의 딸이 위건화와 같이 왔다는 말을 듣고, 또 화설금이 위건화와 어떤 관계인지 알고 난 후

두 사람의 결속을 뒤흔들기 위해 세운 계략이었지만, 그놈이 위건화 몰래 단목진희에게만 서찰을 전해준다는 보장도 없었고, 전해진다 하더라도 그 서찰을 단목진희가 읽는다는 보장도 없었다. 더더구나 그녀가 그 내용을 완벽히 이해한다는 보장은 더더욱 없었다. 무황성주의 딸이라면 그만한 지력은 타고났을 것이라는 가정하에 시도했다.

그런데 그것이 예상외의 성과를 거둔 것 같았다.

무영은 세 사람을 차례로 쳐다보았다.

무황성주 딸의 호위들답게 하나같이 절정고수의 기도를 풍기고 있었다.

위건화에 비한다면 좀 떨어지는 바가 있겠지만 그들 셋이 한꺼번에 덤비면 위건화에 못지않을 것이다.

어쨌든 단목진희가 같이 오지 않은 것만으로도 일은 한층 쉬워진다.

"괜찮으십니까, 공자님?"

잠시 무영과 시선을 마주쳤던 수신오위 중 수장인 혁련광이 위건화를 쳐다보며 굳은 얼굴로 물었다.

아직 승부가 결정되지 않았지만 삼공자 위건화가 누군가에게 이런 수세에 몰린다는 것은 상상도 하지 못했다. 그러기에 위건화는 육신의 패배보다 정신적 패배감에 더 심하게 빠질 것이고, 그것은 앞으로 큰 문제를 불러일으킬 것이다. 그 패배감을 최소한으로 줄이려면 앞에 있는 이 마귀 같은 놈을 기필코 죽여 없애야 한다.

"장로들을 제거하라고 하지 않았소?"

위건화가 싸늘하게 혁련광을 쳐다보며 말했다.

혁련광의 예상대로 패배의 충격에 빠져들고 있는 위건화는 자신을 도운 혁련광의 행위마저 받아들이지 못하고 있었다.

"그건 차후의 일입니다. 저자를 죽이고 아가씨를 구하러 가는 것이 우선입니다."

혁련광이 무영을 쳐다보며 침착한 어조로 말했다.

"그건 내 일이오."

"그 이전에 성의 일입니다."

성이란 말에 위건화의 눈동자가 흔들렸다. 그리고는 이를 악물었다.

조금 전 성에서 추진하는 본연의 목적을 잊고 감정에 휘말려 행동한 교룡각의 조원인 이국상을 단호하게 처치하지 않았던가? 그런 자신이 똑같은 과오를 저지를 수는 없는 것이다.

"우선 저놈부터 최대한 빨리 처치하고 나서 아가씨에게 달려가도록 합시다. 아가씨도 위험할 수 있습니다."

위건화의 태도가 누그러지자 혁련광 옆에 있던 등추엽이 소매를 걷어 올리며 나섰다. 그의 눈에 어떻게 하든 무영을 처치하고 말겠다는 의지가 흘러내리고 있었다.

“드디어 무흉성의 본색이 드러나는 것인가?”

무영이 조소를 가득 담은 눈으로 위건화와 혁련광 등을 바라보았다.

다분히 의도적인 행동이었지만 위건화의 얼굴에는 참괴한 기색이 숨김없이 드러났다. 그것을 무마시키려는 듯 등추엽이 먼저 출수를 하였다.

쑤아앙—

어디서 꺼냈는지 한 자루 검이 휘둘러지고 차가운 경력을 실은 검풍이 밀려왔다.

그것을 시작으로 혁련광과 또 한 사람의 호위인 초막겸이 제각각 검과 도를 휘둘러왔다.

‘쉽지 않겠군!’

무영이 눈살을 찌푸리며 몇 걸음 뒤로 물러섰다. 그러면서 위건화의 움직임을 주시했다.

이들 세 명은 문제가 아니었지만 이들과 함께 위건화가 가세한다면 문제가 달라진다. 시간이 훨씬 많이 걸릴 수도 있었고, 더 나아가 적지 않은 피해도 각오해야 한다.

피이잉—

무영의 피리가 귀곡성을 울리며 앞으로 뻗어나가 혁련광의 가슴으로 경력을 뿌렸다.

경력에 실린 힘이 무시무시하다는 것을 느낀 혁련광이 미친 듯이 검을 휘둘러 경력을 잘라 나갔다.

따당―

혁련광의 검이 바위라도 두드린 듯 굉음을 토해냈다.

그 순간, 무영의 우려대로 위건화가 장력을 뿌리며 쇄도해 들었다.

재차 혁련광을 공격하려던 무영이 맞받아 장력을 터뜨렸다. 그러면서 철피리를 흔들어 등추엽과 초막겸의 공격을 봉쇄해 나갔다.

네 사람을 동시에 상대하는 무영의 손이 자연 어지럽게 허공을 선회했다.

파아앗―

다시 위건화의 흑섭선이 경기를 내쏘았다. 무영이 철피리를 흔들어 그 경기를 막는 순간을 틈타 측면으로 혁련광이 짓쳐들었다. 무영은 다른 한 손으로 급히 옥피리를 쳐올렸다.

파아앗―

혁련광의 검이 시린 검기를 뿜으려는 찰나, 한 가닥 파공성과 함께 거대한 손바닥 하나가 무시무시한 속도로 혁련광의 얼굴을 향해 날아들었다.

"어헛!"

몸체는 없고 손바닥만 허공에 떠서 날아드는 사태에 혁련광은 다급성을 지르며 손바닥을 잘랐다.

팔랑!

손바닥이 두 조각나며 나비처럼 나부꼈다.

그것은 조각난 부적이었다.

붉은색의 이상한 문양이 그려진 부적 한 장이 손바닥 모양을 하며 혁련광을 향해 날아든 것이었다.

갑작스런 사태에 장내의 움직임이 멈추어졌다.

"사부!"

부적이 날아온 곳에서 청년의 목소리가 울렸다.

대연무장 가장자리를 가득 메운 관중 속에서 들려오는 청년의 목소리에 찌푸렸던 무영의 표정이 활짝 펴졌다. 그리고 그 표정 위로 한줄기 미소가 스쳐 지나갔다.

자신을 사부라 부르는 사람은 세상에 단 한 사람밖에 없다.

회기대 이십조의 막내인 마소창이었다.

마소창이 나타났다는 것은 그가 임무를 무사히 마쳤다는 것이고, 기다리던 사람이 같이 왔다는 것이다.

무영의 짐작대로 마소창이 한 인영과 함께 대연무장 한가운데로 달려오고 있었다.

인영을 쳐다보는 무영의 미소가 더욱 짙어졌다. 인영은 삼십대 초반 정도로 보이는 장년 사내였다.

그리 크지 않은 키에 체격 역시 마른 편이라 전체적으로 왜소한 느낌을 주는 사내였다.

그런데 사내의 옷이 기이했다.

도문의 사람들이 입는 도포 같았지만 옷 전체에는 기이한 문양이 빼곡히 새겨져 있었다.

그것은 주술을 사용하는 사람들이 던지는 부적에서나 볼 수 있는 기이한 문양이었다.

그런 이상한 옷을 입은 사내의 머리에도 도관이 얹혀 있었다.

도관을 쓰고 주술사들이나 입음 직한 도포를 입은 사내는 외관만으로는 도저히 정체를 짐작하기 힘들어 보였다.

그런데 그 사내를 대하는 무영의 태도는 더욱 기이했다.

세상에서 두려울 것이 없을 것 같은 무영의 허리가 도포사내를 향해 깊이 굽어졌다.

"오셨군요, 사형!"

무영이 환한 웃음과 함께 기괴한 복장의 사내를 맞았다.

'사형이라고?'

염예령의 눈이 퉁방울만큼 크게 뜨여졌다.

진설과 함께 염호경을 납치하여 지키고 있다가 피리 소리에 이어 무영의 목소리가 들리자 도저히 그곳에서 있지 못하고 뛰쳐나온 그녀였다.

사형이라니?

저 정체불명의 귀신같은 사내에게도 사형이란 사람이 존재한단 말인가?

또 사형이란 사람을 대하는 저 사내의 태도는?

평소의 비정한 모습과는 판이하게 다른, 너무도 공손하고 다정스러웠다. 그건 마치 천진무구한 어린아이가 부모나 친인을 대하는 것 같았다.

염예령은 기이한 심정이 되어 무영이 사형이라 부른 사내에게 시선을 고정시켰다.

"내가 조금 늦었네, 사제."

도복을 입은 사내가 뒷머리를 긁적이며 무영을 향해 겸연쩍은 웃음을 지어 보였다.

"자네가 말한 단약을 만들려니 시간이 많이 걸리더군."

사내가 다시 뒷머리를 긁적거렸다. 그 모습은 마치 큰 죄를 짓기라도 한 사람 같아 보였다.

"늦지 않았습니다, 사형. 그 짧은 시간 안에 그런 단약을 만들 수 있는 사람은 사형밖에 없을 겁니다. 정말 고생 많으셨습니다."

무영이 다시 환한 미소와 함께 고개를 끄덕였다.

"그, 그런가? 하하! 그렇다면 다행일세. 그, 그런데, 이게 웬일인가?"

비로소 주변을 인식한 듯 도포 차림의 사내는 대연무장 주변을 가득 메운 사람들과 무영과 대치한 위건화 등을 쳐다보며 주춤거렸다.

"무공 대결 중이었습니다. 그런데 이자들이 자기편이 불리하다고 나서는 바람에……."

무영이 수신오위 중 세 명을 쳐다보며 고자질을 하듯 말했다.

"일대일 대결 중에 자기편이 불리하다고 뛰어들었단 말인가? 나쁜 사람들이구만!"

도포 차림의 사내가 준엄한 눈빛으로 세 사람을 쳐다보며 꾸짖듯 목소리를 높였다.

도포사내의 시선을 받은 위건화와 혁련광 등이 갈피를 잡지 못하고 사내와 무영을 번갈아 쳐다보았다.

너무나 이질적으로 보이는 사형제였다. 그래서 두 사람이 무슨 수작이나 벌이고 있는 것이 아닌가 하는 의혹마저 일었다.

"그러니 사형께서 저 세 사람을 좀 막아주십시오. 그러면 저는 다시 정정당당한 비무를 펼치겠습니다."

무영이 턱짓으로 혁련광 등을 가리키며 도포사내에게 부탁했다.

"나, 난 자신없네. 그런 건 사제 혼자라도 추, 충분하잖은가?"

도포사내가 갑자기 난감한 표정이 되며 한 발 뒤로 물러섰다.

"저 혼자도 가능하지만 급히 해치우고 가봐야 할 데가 있습니다. 그러려면 사형의 도움이 필수적입니다."

무영이 간절한 표정으로 사형이란 사람을 쳐다보았다.

'저 인간……'

멀리서 지켜보던 염예령은 이런 상황에서도 실소가 터져

나오려 하는 어이없는 심정이 되었다.

사형을 바라보는 무영의 지금 표정은 마치 막내동생이 큰 누나에게 동전 한 닢을 애걸하는 표정이었다.

어떻게 저 사내가 저런 표정을 지을 수 있는지 정말 불가사의하기까지 했다.

"그, 그렇지만……."

도포사내가 곤혹스런 얼굴을 하며 무영과 혁련광 등을 번갈아 쳐다보았다.

잠시 후 도포사내가 고개를 끄덕였다.

"알겠네. 일각 정도만 힘써볼 테니 그 안에 해결하게. 그 이상은 힘들어."

도포사내가 혁련광 등을 쳐다보며 자신없는 표정을 했다.

"고맙습니다, 사형! 일각이면 충분합니다. 대결이 끝나면 여아홍을 실컷 대접해 드리겠습니다."

"그거 좋지. 최소한 다섯 병은 시켜주어야 하네, 다섯 병!"

도포사내가 다섯 손가락을 활짝 펼쳐 보였다.

"알겠습니다, 사형!"

무영이 고개를 숙인 후 환한 웃음을 지었다. 그의 표정에는 충만한 자신감이 피어올랐다.

"자, 이제 공평해졌으니 다시 시작해 볼까?"

무영이 고개를 이러저리 돌리며 위건화를 쳐다보았다.

빙긋 웃는 모습이 마치 장난이라도 치려는 것 같았다.

여전히 갈피를 잡지 못한 위건화가 서서히 표정을 굳혔다.

뭔가 희롱당한 기분이었다. 저 마귀 같은 인간이 깍듯한 예의로 맞은 사람이 차라리 청룡언월도를 든 관운장이나 사모창을 든 장비 같은 인간이라면 이해가 갔다. 그러나 저놈이 사형이라 부른 사람은 주화입마에라도 걸렸다 회생한 듯 뭔가 한구석이 모자란 인간 같았다.

그런 인간에게 애절한 표정으로 도움을 청하는 저놈의 모습은……?

그것이 혼란스러워 위건화는 물론 혁련광 등도 멍하니 지켜보고만 있었던 것이다.

무영이 두 자루 피리를 들어 올렸다.

쨍―

두 자루에 피리가 마주치며 날카로운 금속음이 퍼져 나갔다.

그것을 신호로 번쩍 정신이 든 위건화가 섭선을 펼쳐 들었고, 혁련광 등도 도검을 치켜 올렸다.

"하앗!"

초막겸이 먼저 기합성을 터뜨리며 도포사내에게로 달려들었다. 이 얼치기를 단칼에 쓰러뜨리고 무영에게로 짓쳐들려는 의도였다.

"어헉!"

도포사내가 비명을 지르며 옆으로 물러났다. 그러자 병풍이 펼쳐지듯 잔영이 주르륵 펼쳐지며 그의 신형은 순식간에 이 장 가까이 좌측으로 이동했다.

환술 같기도 하고 절정의 신법 같기도 했다. 중요한 것은 그 수법이 외모에서 풍기는 느낌과는 전혀 다르다는 것이었다.

"한 가닥 믿는 구석이 있는 놈이었군. 하지만 마찬가지다!"

초막겸이 한소리 고함과 함께 다시 발끝에 힘을 주었다.

"옴 바아라 다모라 사다야……."

초막겸이 도포사내를 따라붙으려는 찰나 갑자기 사내의 입에서 한줄기 주문 소리가 울려 퍼졌다.

파아앗—

주문과 함께 도포사내가 혀를 깨물어 허공으로 피를 뿜었다.

도포사내의 입에서 뿜어져 나온 피가 붉은 안개처럼 허공으로 퍼져 나가는가 싶더니 도포에 빼곡하게 새겨진 이상한 모양의 문양에서 눈을 부시게 하는 빛이 쏟아져 나왔다.

"우웃!"

막 도포사내에게 칼을 휘두르려던 초막겸이 경호성을 삼키며 한 손으로 눈을 가렸다.

도검을 든 무인에게 있어서 결정적인 순간 눈을 깜박거리거나 감는 것은 승패는 물론 목숨을 포기하는 일이나 마찬가지이다. 그래서 악착같이 눈을 뜨려고 했지만 문양들이 쏟아내는 광채가 너무나 강렬했다. 눈을 감지는 않았지만 결국 손으로 눈앞을 가릴 수밖에 없었다.

초막겸이 눈을 가린 손을 내렸을 때 눈앞에 있던 도포사내는 사라지고 없었다. 대신 도포 표면에 가득하던 기이한 문양들이 밖으로 빠져나와 요괴처럼 춤을 추며 시야를 차단하고 있었다.

"요사스런!"

초막겸이 대갈일성과 함께 참마도를 휘둘렀다.

파앗—

사람의 신형만 한 크기의 도형 중 하나가 참마도에 걸려 반으로 베어졌다.

끼아악—

도형이 처참한 비명을 내지르며 잘려진 자리에서 검붉은 선혈이 터져 나왔다.

촤아악—

검붉은 선혈은 지독한 악취를 풍기면 해일처럼 초막겸을 덮쳐들었다.

요사스런 사술이나 환술이 분명하다고 생각했지만 너무나 생생했다. 그리고 덮쳐 오는 썩은 피는 몸에 닿는 순간 피부도 같이 부패시킬 것 같았다.

이를 악물고 참으려던 초막겸은 더 이상 평정을 유지하지 못하고 참마도를 휘둘렀다.

파아앗—

참마도 끝에 무언가가 걸렸다.

미세한 감촉이긴 했지만 피륙이 갈라지는 느낌이었다. 완전히 베지는 못해도 살갗 한곳이 갈라졌을 것이다.

초막겸은 신속히 보법을 밟으며 조금 전 참마도에 무언가 걸리는 방향을 향해 무지막지한 도격을 가했다.

"어헉!"

세 명의 호위 중 또 다른 호위인 등추엽이 비명을 질렀다.

사람 크기만 한 문양을 가르는 순간, 문양에서 불쑥 칼이 튀어나오며 어깨에 미세한 상처를 남겼다.

환상에서 실제 칼이 튀어나오다니?

기가 막힌 심정에 문양을 바라보는데 아까보다 훨씬 강한 도격이 가해졌다.

도격은 무척이나 낯익었다. 그러나 그걸 감상할 때가 아니었다. 우선은 막고 봐야 했다.

깡—

역시 실체였다.

손을 저리게 만드는 충격파가 팔을 따라 온몸으로 전해졌다.

"이런 요사스런……!"

등추엽은 고함을 질렀다.

밤도 아닌 백주에 이런 말도 안 되는 술법이라니?

그러나 엄연한 현실감은 혼란을 극에 달하게 했다.

휘익—

다시 문양 하나가 칼을 휘둘러왔다.

'저건… 참마도?'

등추엽의 눈이 길게 찢어졌다.

칼은 동료인 초막겸의 것이었다. 그리고 초식 역시 마찬가지였다.

'대체?'

등추엽의 모골이 송연해졌다.

이번에는 뒤쪽에서 검이 찔러들었다.

그건 또 혁련광의 것이었다.

대체 어디까지가 환술이고 어디까지가 실체인지 짐작이 가지 않았다.

"모두 꺼져라!"

등추엽은 사자후 같은 고함을 지르며 자신 주변에 있는 문양들을 모조리 베어 나갔다.

"찢어죽일!"

자신을 도우러 왔던 세 사람이 도포를 걸친 사내가 혀를 깨물어 뿜어대는 자욱한 피 안개 속에서 자기들끼리 싸우는 것을 본 위건화는 이를 세차게 갈았다.

많은 사술을 보아왔지만 이런 경우는 또 처음이었다. 혁련광 등도 마찬가지인 듯 정신을 차리지 못하고 있었다.

저 사술을 깨뜨리려면 시전자를 처치해야 한다.

위건화는 씹어 먹을 듯 도포사내를 향해 부채를 들어 올렸다.

"그 쪽은 신경 쓰지 말게!"

위건화가 도포사내를 향해 부채를 던지려는 순간 무영이 일갈과 함께 피리를 휘두르며 쇄도해 들었다.

쇄애액—

두 개의 피리에서 각기 다른 색깔의 경력이 쏟아져 나왔다.

각각의 피리를 닮은 청옥색과 묵색의 경력이었다.

그 두 줄기의 경기는 이제까지 피리에서 쏟아졌던 경력보다 몇 배는 더 강맹했다.

차르르—

위건화는 세 명의 호위를 도우려던 의도를 포기하고 부채를 접어 피리에서 쏟아지는 경력에 마주쳐 갔다.

'헛!'

위건화가 비명을 삼켰다.

직선으로 뻗어오는 것 같던 두 줄기 경력이 일 장 앞에서 흔들리며 교미를 하는 뱀처럼 서로 얽히더니 어느 것이 먼저 도달할지 가늠할 수가 없었다.

위건화는 찔러 나가던 부채를 아래에서 위로 쾌속하게 그어 올렸다.

뻥─

　서로의 경력이 마주친 곳에서 물에 적신 가죽 북을 몽둥이
로 세차게 두드리는 것 같은 소리가 터져 나왔다.

　'으윽!'

　기혈이 뒤틀린 위건화가 신음을 삼켰다.

　그의 눈이 심하게 흔들리고 있었다.

　처음 입문한 시절 대사형 석모광과의 비무에서도 이런 정
도는 아니었다. 최근에는 더더욱 아니었고.

　그런데 이런 결과라니…….

　처음에는 요사스런 사술에 의존해 비겁한 승부를 벌인다
고 생각했다. 그러나 그건 한순간의 착각일 뿐이었다.

　사술과 환술은 자신의 사형이란 사람에게 맡긴 이놈은 본
격적으로 실력을 드러냈다.

　대체 어디서 이런 놈이 나타났는지 모르겠지만 패도적인
무공은 자신을 한참 능가하고 있었다. 그리고 시간이 갈수록
그 차이는 더 심해지는 것 같았다.

　그러나 그것보다 더 기막힌 것은 지금까지 뿌린 무공이 놈
의 전부가 아닌 것 같다는 데 있다. 놈은 자신이 뿌린 무공을
견식하며 그 정도를 조절하고 있었다.

　"울컥!"

　위건화는 마침내 한 가닥 선혈을 토했다.

　최대한 끌어올린 호신강기에도 불구하고 내장이 가닥 난

듯 통증이 몰려왔다.

위건화는 이를 악물며 내식을 다스렸다.

"이젠 그만 끝을 내야겠다."

무영이 재주를 부리듯 두 개의 피리를 양손에서 각각 돌렸다.

휘이잉—

묵색과 녹색이 둥글게 번져 나가며 무영의 손에 녹, 흑색의 쟁반이 들린 듯했다. 그러나 그것은 잠깐의 일이었고, 묵색과 녹색의 쟁반은 어느덧 투명하게 변해 아무것도 들지 않은 것처럼 하얀 손만 보였다.

무영이 옥피리를 돌리고 있던 왼손을 쭈욱 뻗었다.

이미 투명하게 변해 눈에 보이지도 않았지만 엄청난 회전력을 담고 있는 옥피리는 섬뜩한 파공음을 내며 위건화를 향해 날아들었다.

위건화는 내밀던 흑섭선을 거두어들였다.

마주쳐 보지 않아도 저 피리에 실린 힘이 어떤 것인지 짐작이 갔다. 자신의 흑섭선으로는 도저히 막을 수 없는 역도였다.

스스스—

위건화는 무황성주의 독문 보법인 패왕건곤보를 밟았다.

콰아앙—

위건화가 섰던 자리에서 뇌화탄이 터진 것처럼 자욱하게

흙덩이들이 튀어 올라 두터운 장막처럼 앞을 가렸다.

흙더미 장막 뒤에서 위건화의 입술이 보일 듯 말 듯 뒤틀렸다.

오랫동안 기다려 온 순간이었다. 이 순간을 위해 선혈을 토하는 수치도 마다하지 않았다.

위건화는 코앞으로 밀려드는 흙먼지는 아랑곳 않고 쭈욱 섭선을 내밀었다.

우우웅―

무거운 진동음과 함께 섭선 끝이 무수히 떨렸다.

츠파파팟―

섭선이 수백 개로 갈라지는 것처럼 느껴지는 순간, 그 각각이 실체가 되어 쏟아져 나갔다.

무황성주의 절기인 검뢰무애(劍雷無涯)의 초식이 펼쳐지는 순간이었다.

그것들은 흙먼지에 가려진 채 펼쳐졌기에 더욱 치명적이었다.

주춤!

옥피리를 던진 후 재차 쇄도해 들려던 무영이 우뚝 신형을 멈추었다.

자욱이 가려진 흙먼지 뒤에서 수백 개의 화살이 한꺼번에 시위를 떠난 것 같은 위기감이 몰려왔다.

'검뢰무애!'

무영은 머리끝이 쭈뼛 서는 느낌과 함께 그 화살들은 검뢰무애의 초식이 뿌리는 경력임을 직감적으로 느낄 수 있었다.

'이무기 같은 놈!'

백도무림 최고수라 일컬어지는 무황성주의 독문절기인 검뢰무애의 절초는 가족들 외에는 아무도 익힌 사람이 없다고 들었다. 그런데 위건화가 익히고 있었다.

그건 아마도 단목진희를 통해서 익혔을 가망성이 높았다.

놈은 그 초식을 비밀리에 익히고 이제껏 몇 번이나 불리한 상황을 맞이하면서도 끝끝내 감추고 있다가 흙더미가 장막처럼 앞을 가리자 사력을 다해 뿌려내고 있었다.

흙더미에 가려지지 않은 상태라 할지라도 가공할 검뢰무애의 초식이기에 자욱한 흙먼지 속에서 펼쳐지자 모골이 송연해 오는 것 같았다.

츄아아악―

장막처럼 펼쳐졌던 흙먼지가 누더기처럼 찢기며 검뢰무애의 절초가 수백 명의 궁수가 쏘아낸 화살처럼 무영의 전신을 향해 쏘아졌다. 그것은 단목진희가 부연호를 상대로 펼친 것보다 몇 배는 더 강맹한 수준이었다.

피할 곳도 없었고 피할 새도 없었다.

'할 수 없다.'

되도록 감추려 했지만 지금은 그걸 따질 때가 아니다.

무영은 차갑게 마음을 굳혔다. 그리고는 위건화가 섭선으로 검뢰무애를 펼칠 때와 마찬가지로 철피리를 쭈욱 뻗었다.

투웅—

철피리 끝에서 쇠북을 두드리는 듯한 소리가 터져 나왔다. 동시에 잔잔한 연못에 돌멩이 하나가 던져지며 파문이 퍼져 나가듯 대기가 일렁거렸다. 그 대기의 파문을 갈가리 찢을 듯 검뢰무애의 경력이 쏘아져 들었다.

투투퉁!

파문 속에서 연속적으로 또 다른 파문이 생겨났고 대기는 더욱 찌그러졌다.

연달아 터져 나오던 검뢰무애의 환상적인 검기가 모조리 파문 속으로 빨려들었다.

우우우웅!

진동음과 함께 대기가 더욱 찌그러졌고, 흙먼지가 급격히 걷혀갔다.

'이건!'

걷혀지는 흙먼지 속에서 위건화는 경악성을 삼켰다.

회심의 기회를 맞아 온 내력을 다 끌어올리며 뿌린 검뢰무애의 경력이 대기의 파문 속으로 빨려들며 한 가닥도 남김없이 소멸되고 있었다. 더 나아가 자욱하던 흙먼지와 흙더미도 그 속으로 빨려들며 소멸되고 있었다.

"수라흡혼!"

위건화는 외마디 고함을 터뜨렸다. 그러나 그 고함 소리마저 파문 속으로 사라지며 소멸되어 버렸다.

위건화는 섭선을 앞으로 내민 채 파랗게 질린 얼굴로 무영의 피리 끝만 처다보았다.

언젠가 책자를 통해 읽었던 기담집 속에서나 나올 법한 한 가지 무공!

뒤이어 그 무공을 펼쳤던 무인의 별호도 떠올랐다.

'파황객……'

새외에서 온 그 고수에 의해 펼쳐졌다가 다시는 나타나지 않은 그 악마적인 무공이 맞는다면……

자신도 이 자리에서 소멸될 수밖에 없다.

위건화는 미친 듯이 뒷걸음질을 쳤다. 그러나 몸은 조금도 뒤로 나아가지 않았다. 수라흡혼의 악마적인 힘이 전신을 끌어당기는 것 같았다.

우우웅―

피리 끝이 다시 흔들렸다.

위건화는 공포에 질린 눈을 질끈 감았다. 이제는 소멸의 순간만이 남았다.

순식간에 자신의 모든 것이 소멸될 것이다.

육신은 물론 영혼까지도 한 점 남김없이 악마의 아가리 속으로 빨려들며 소멸되고 말 것이다.

그런데 어쩐지 소멸의 아득함은 느껴지지 않았다.

최후를 의식하던 위건화는 문득 눈을 떴다.

순간의 착각인 듯 일그러졌던 공간이 원래의 모습을 되찾으며 악마적인 무공은 더 이상 펼쳐지지 않았다. 대신 철피리가 맹렬한 속도로 회전하며 날아들었다.

위건화는 반사적으로 내력을 끌어올리며 섭선을 쳐올렸다.

콰앙—

전각을 무너뜨릴 듯한 폭음과 함께 섭선과 철피리가 허공으로 튕겨 올랐다.

두 개의 기병이 동시에 튕겨 올랐지만 그 양상은 판이하게 달랐다. 철피리는 회전력이 조금 감소된 채 원래의 그 모습을 유지한 반면 흑섭선은 부챗살이 부러지고 뜯어지며 모조리 파괴되고 있었다.

"우웩!"

다시 한 모금의 선혈을 더 토한 위건화는 쌍장을 들어 올렸다.

두 팔이 자신의 것이 아닌 듯 무겁게 느껴졌다. 그러나 위건화는 악착같이 쌍장을 앞으로 내밀었다.

방금 착각처럼 마주했던 그 무공의 실체를 한 번 더 느껴보아야 했다. 그리고 그것이 파황객의 수라흡혼임을 확신해야 했다.

그것이 진정 파황객의 수라흡혼이라면 앞으로 무황성의 모든 계획은 백지 위에서 다시 시작되어야 할 것이다.

“정말 실망일세, 친구. 그런 실력으로 흑도 분쇄를 하겠다
고? 쿡쿡! 개가 웃을 일이군.”

무영이 조소를 토했다.

“그 무공… 수라흡혼인가?”

위건화가 가라앉은 목소리로 물었다.

“그걸 알고 싶으면 실력을 더 기르게. 그럴 기회가 올지 모
르겠지만.”

위건화의 입술이 움직이는 순간부터 주변의 음파를 모두
차단한 무영이 차가운 조소를 흘렸다.

“죽엇!”

무영의 조소 어린 목소리를 날려 버리려는 듯 위건화가 쌍
장을 뿌렸다.

조금 더 여유를 두고 내식을 다스렸으면 좋았을 것이지만
그러지 못했기에 여러 곳에서 파탄이 드러나는 쌍장이었다.

“이젠 간단한 격장기계에도 넘어오는군.”

슬쩍 신형을 이동시켜 위건화의 쌍장을 피한 무영이 우장
을 내밀었다.

우우웅—

무영의 오른손 장심에서 핏빛 안개가 피어올랐다.

피어올랐다 싶은 순간 핏빛 안개는 적무가 되어 위건화를
덮쳐 갔다.

“하앗!”

위건화가 필사적으로 두 손을 내밀었다.

"크윽!"

다시 신음 소리를 토한 위건화가 뒤로 주르르 밀려났다.

휘익—

무영이 밀려나는 위건화를 쾌속하게 따랐다. 그리고는 두 손을 빠르게 흔들었다.

퍼퍼퍽—

위건화의 몸에서 한꺼번에 세 개의 파육음이 터졌다.

파아앗—

한줄기 핏물을 입에 문 위건화가 허공으로 붕 떠올라 삼 장 가까이 날아가 처박혔다.

더 이상 위건화는 기동도 못할 것 같아 보였다. 아울러 파황객의 무공을 확인할 기회도 잃고 말았다.

"크으윽!"

바닥에 처박혔던 위건화가 꿈틀거리며 상체를 일으켰다.

이제는 무영을 쓰러뜨려야 한다는 생각보다 극히 짧은 순간 대면했던 무공이 파황객의 무공인지 아닌지 확인하는 것이 더 간절했다. 그것만 확인한다면 죽어도 여한이 없을 것 같았다. 사부마저도 두려워했던 파황객의 후예에게 당했다면 원귀가 되어도 덜 억울할 것 같았다.

위건화는 필사적으로 몸을 일으키려 했다.

무영은 차가운 눈으로 짐승처럼 꿈틀거리는 위건화를 쳐

다보았다.

　세 개의 장력에 정확히 가격되었음에도 불구하고 위건화는 정신을 잃지 않고 꿈틀거리며 일어서려 하고 있었다.

　무영은 천천히 위건화에게로 다가갔다. 그리고 손을 뻗어 위건화의 목을 잡아 일으켰다.

　"너무 실망할 것 없다. 애초부터 네놈 따위는 내 상대가 아니었으니까."

　무영이 차갑게 내뱉었지만 위건화는 아무런 대꾸를 하지 못했다.

　"네놈에게는 감정이 없어. 그러나 네 둘째 사형에게는 아주 감정이 많지. 넌 사형을 잘못 만나 희생양이 된 것이다."

　무영이 차갑게 말했다.

　"죽여!"

　위건화가 감기려는 눈을 억지로 뜨며 악에 받친 소리를 질렀다.

　"그럴 것 같았으면 벌써 죽였다."

　무영의 대답에 위건화의 눈이 어지럽게 흔들렸다.

　수라흡혼의 파문 속으로 빨려들어 소멸될 뻔했던 순간이 착각이 아니었다. 그때 놈이 피리를 흔들어 공력을 거두었기에 지금껏 살아 있는 것이다.

　"네놈은 파황객의……."

　위건화의 목소리를 끊으며 무영이 위건화의 상체 여러 곳에 점혈을 가했다.

두어 군데, 많게는 서너 군데 점혈하는 일반적인 점혈법과 다른 뭔가 사이함이 느껴지는 점혈법이었다. 아마도 그 시전자가 아니면 절대로 풀 수 없을 것 같은 점혈법이었다.

"당분간은 살려주지. 쓸 데가 있으니까."

위건화를 점혈하여 바닥에 던진 무영이 사형을 향해 고개를 돌렸다.

"사형, 이제 됐습니다!"

입에서 뿜어내는 피 안개와 함께 연신 주문을 외고 부적을 던지며 세 사람의 호위를 상대하던 도포사내가 고개를 돌렸다.

"벌써? 아직 일각이 되지 않았는데?"

창백한 얼굴이 된 도포사내가 얼른 무영에게로 달려오며 손을 내저었다. 그러자 자욱하던 피 안개가 걷히고 허공을 난무하던 부적들이 모조리 회수되었다.

"헉!"

"어헉!"

피안개가 걷히고 부적들이 사라지자 현실을 인식하게 된 혁련광 등이 비명을 터뜨렸다.

그들은 서로를 향해 도검을 뿌리고 있었던 것이다.

급히 도검을 거둔 세 사람은 사방을 둘러보았다. 그리고는 경악에 찬 표정을 지었다.

바닥에 널브러져 있는 위건화를 발견한 때문이었다.

"삼공자!"

혁련광이 고함을 지르며 위건화에게로 달려갔다. 그러나 채 세 걸음도 옮기기 전에 신형을 멈출 수밖에 없었다. 무영의 오른손 장심에서 강맹한 장력이 쏟아졌기 때문이다.

"하앗!"

혁련광이 검을 휘둘러 장력을 잘랐다.

"허억!"

장력을 반도 자르지 못한 혁련광이 다급성을 터뜨렸다. 장력의 뒤를 따라 묵색 철피리가 무시무시한 속도로 회전하며 날아오고 있었기 때문이다.

혁련광은 이를 악물며 어깨를 내밀었다.

장력은 어깨로 받아내고 피리를 검으로 쳐낼 요량이었다.

그러나 그것은 큰 오산이었다.

펑!

어깨에서 북을 치는 소리가 나며 혁련광의 신형이 뒤로 주르르 밀렸다.

퍼억!

다시 떡을 치는 소리가 터져 나오며 철피리가 혁련광의 아랫배에 꽂혀들었다.

"크으윽!"

단전이 왕창 파괴된 혁련광이 분수처럼 피를 토하며 뒤로 넘어갔다.

그리고는 즉시 숨이 끊어졌다.

"혁련 형!"

"형님!"

등추엽과 초막겸이 비명처럼 소리를 지르며 달려갔다. 그러나 그들 역시 혁련광처럼 한 자루 옥피리에 가로막혔다.

패애앵—

쨍강—

필사적으로 쳐올린 등추엽의 검이 두 동강 나며 튕겨 올랐다. 그 사이로 무영의 장력이 폭풍처럼 쏘아졌다.

퍼엉!

비명도 터뜨리지 못한 등추엽이 가랑잎처럼 뒤로 날아갔다.

"이놈!"

초막겸이 야차같이 고함을 지르며 달려왔다. 그러나 그의 신형은 달려오던 속도보다 배는 더 빠르게 뒤로 날아갔다. 굵은 선혈 줄기가 꼬리처럼 그의 뒤를 따랐다.

퍼억—

초막겸의 신형도 바닥에 나뒹굴었다. 그리고는 더 이상 미동도 하지 않았다. 그 역시 두 동료들과 함께 저승 문을 넘고 있었다.

호위 세 사람이 한꺼번에 죽어 나가며 모든 상황이 종식되었다.

대결이 끝난 장내에는 쥐 죽은 듯한 적막이 감돌았다.

가슴을 졸이며 대결을 지켜보던 조양방도들이 무황성주의 제자를 꺾은 무영의 승리에 함성에 지를 법도 하건만 그들은 아무 소리도 내지 않고 무영을 주시하고만 있었다.

함성을 터뜨리며 열광하기에는 무영의 손속이 너무도 가차없었기 때문이다.

호위 세 명을 순식간에 고혼으로 만들어 버리는 무영의 마지막 손속은 살인귀를 방불케 했다.

그 손이 방향을 바꾸어 자신들에게로 향한다면 어떻게 될까 하는 우려가 함성도 지르지 못하게 한 것이다. 비록 영문도 모르고 휩쓸렸지만 조금 전까지 그들은 혼란의 중심에서 혼란을 야기한 장본인들이었기 때문이기도 했다.

"사제, 자넨… 너무 과격해졌어. 조사동에 보내지 않았어야 했는데… 쯧쯧!"

잠시 후 도포 차림의 사내가 고개를 흔들며 중얼거렸다. 그리고는 무영의 잔인한 손속이 마음에 들지 않는 듯 연신 혀를 찼다.

"죽어야 할 자는 최대한 빨리 죽이는 게 서로를 위하는 일입니다."

무영이 짧은 한숨과 함께 답했다. 그리고는 위건화의 신형을 들어 올렸다.

"그렇긴 하지만… 자넨 환(幻)이나 술(術)보다는 실(實)을 너무 숭상해. 너무 실에 치중하다 보면 환이나 술에서 멀어질 수가 있네. 피 튀기는 실보다는 가만히 주문만 외워도 자기들 끼리 싸우며 쓰러지게 만드는 환이나 술이 얼마나 우아한 가?"

도포사내가 안타까운 표정으로 무영의 손에 회수된 두 자루의 피리를 보며 말했다.

두 자루 피리에는 아무런 흔적도 묻어 있지 않았지만 사내에게는 사람을 죽인 살기가 느껴지는 모양이었다.

"명심하겠습니다, 사형. 앞으로는 한층 더 환술을 익히는데 주력하겠습니다."

무영이 공손한 어조로 답했다.

"그럼… 사제도 이젠 다음 단계 공부를 시작하는 게 어떤가? 사제가 다음 단계의 공부를 한다면 나 같은 건 사제의 발끝에도 따라가지 못할 것이야. 사제는 타고난 사람이니까 말일세."

도포사내는 열기가 이는 목소리로 권유하며 무영을 정시했다.

무영을 똑바로 쳐다보는 사내의 눈에는 숨길 수 없는 갈망의 기운이 어려 있었다.

"그, 그건……."

이제껏 공손하던 무영이 처음으로 난감한 표정을 지었다.

그리고는 쓴웃음을 피워 올렸다.

"왜? 마음에 들지 않은가?"

도포사내가 채근하듯 물었다.

"마음에 들기는 하지만… 다음 단계로 넘어가려면 사형처럼 평생 숫총각으로 지내야……."

"숫총각이 어때서?"

도포사내의 목소리가 갑자기 높아졌다. 무영이 찔끔 시선을 피했다.

"여자 때문인가? 여자? 그거 모두 요물일세. 잘못 홀리면 남자 하나 패가망신하는 건 일도 아니네. 그럴 바에야 차라리 사문의 환술에 전념하며 혼자 사는 게 낫네. 그리고 말이야, 여자는 또……."

도포사내의 일장 훈시가 이어지는 사이 무영과 도포사내는 녹기대가 서 있는 대연무장 가장자리까지 걸어갔다.

"그런 여자들 중에는……."

도포사내가 계속 훈시를 하다가 자신을 바라보는 수많은 녹기대 여인들을 의식하고는 말을 멈추었다.

녹기대 여인들을 마주 쳐다보던 도포사내의 눈이 어느 순간 빛을 발했다.

"특히… 저런 눈을 하고 있는 여자를 만나면 극히 조심해야 하네. 저런 눈을 하고 있는 여인에게 걸리면 순식간에 정혈을 다 허비하고 나이 들면 뼈마디마저 허물거리는 호호백

발로 변하게 된다네. 그땐 아무리 후회해도 소용없네. 그땐 기력이 떨어져서 저항도 제대로 못하게 되네. 그러니 극히 조심하게."

도포사내가 앞에 있는 여인 중 한 여인을 가리키며 거품을 물었다.

"명심… 하겠습니다, 사형!"

무영이 억지로 실소를 삼키며 답했다. 그러나 그의 입가에는 다 삼키지 못한 실소가 계속 피어올라 있었다.

"이봐요, 대체 무슨 헛소리를 지껄이는 거예요!"

도포사내의 지적을 받은 문제의 여인이 발갛게 얼굴을 물들이며 고함을 질렀다.

다른 여인들은 아직 얼어붙어 있었지만 도포사내의 지적을 받은 여인은 재빠르게 깨어나고 있었다.

녹기대 여인들 속에 섞여 가슴을 졸이며 대결 장면을 지켜보던 염예령이었다.

"저것 보게. 저런 눈을 한 여인은 표범보다 더 사납기도 하다네. 그러니 정말, 정말 조심해야 하네, 사제."

도포사내가 진심 어린 충고를 했다.

"각골명심하겠습니다, 사형. 그러니 걱정 마십시오."

무영이 다시 한 번 실소를 삼켰다.

"당신! 다시 한 번 그따위 소리를 하면 가만있지 않겠어요!"

실소를 참는 무영과 무영의 사형을 바라보며 염예령이 악을 썼다.

"자네가 말한 사람의 상태를 살펴보세. 단약을 얼마나 써야 할지 가늠해야 하니까."

후환이 두려웠던지 도포사내가 슬쩍 고개를 돌리며 발길을 재촉했다.

"알겠습니다, 사형. 사형의 솜씨라면 충분할 겁니다."

무영이 고개를 끄덕이며 도포사내를 방주전 방향으로 인도했다.

우르르—

두 사내가 가는 방향에 몰려 있던 조양방도들이 양쪽으로 갈라지며 길을 내주었다.

"우우우—"

몇 발짝 더 걸음을 옮기는 사이 조양방 바깥쪽에서 한줄기 장소성이 울렸다.

무거운 내력이 가미된, 사자후에 가까운 장소성이었다.

무영이 우뚝 걸음을 멈추었다.

"뭐, 뭐지?"

조양방도들도 불안한 표정으로 장소성이 들려온 방향으로 고개를 돌렸다가 서로를 쳐다보았다. 혹시 무황성이 대대적으로 쳐들어오는 것이 아닌가 하는 생각이 든 것이다.

"제대로 하는 게 없군."

신형을 멈추었던 무영이 가볍게 눈살을 찌푸리며 푸념했
다. 그리고는 염예령 쪽을 쳐다보았다. 그녀는 아직도 얼굴에
핏대를 세우고 있었다.

"내 사형을 모시고 할아버지에게로 가봐. 그리고 할아버지
를 진맥시켜. 중독을 풀어줄 수 있을지도 모르니까 말이야."

무영의 말에 염예령이 잠깐 얼어붙은 표정을 지었다.

"그, 그게 정말인가요? 정말 해독이 가능한가요?"

잠시 후 염예령이 쏜살같이 달려나오며 고함을 질렀다.

"완벽히 장담은 못해도 큰 효력을 볼 거야. 그러니 어서 모
시기나 해. 난 가볼 곳이 있어."

고개를 끄덕인 무영이 위건화의 신형을 든 채 바닥을 박찼
다.

슈우욱―

무영의 신형이 빨랫줄처럼 길게 늘어나며 순식간에 대연
무장을 빠져나갔다.

"우우―"

"우와!"

무영의 신형이 사라지고 나자 뒤늦게 이곳저곳에서 혼란
스런 웅성거림이 일어났다.

그리고는 자리를 이탈하기 시작했다.

"모두, 모두 자신의 처소로 돌아가라. 불응하는 자는 반란
을 일으키려는 자로 간주하겠다!"

　방주의 친위대장 고일기가 친위대와 함께 나타나 고함을
질렀다.

　모든 반란 행위가 종식된 지금 방주의 권위는 다시 예전의
위력을 되찾았고, 그 힘을 지금 고일기가 행사하고 있는 것이
다.

　우르르―

　모든 것을 망각한 채 대연무장으로 달려나왔던 조양방도
들이 소낙비에 놀란 개구리 떼처럼 흩어지기 시작했다.

　잠시 후 대연무장에는 고일기를 비롯한 친위대와 삼장로
유현동, 염예령, 그리고 도포사내만 남아 있었다.

　"정말, 정말 할아버지를 해독시킬 수 있으신가요?"

　염예령이 도포사내를 향해 다급히 물었다.

　핏대를 세우던 조금 전과는 백팔십도로 변한 모습이었다.

　"일단 증세부터 봅시다."

　도포사내가 경계심을 풀지 않고 답했다. 사제 무영을 쳐다
보던 그녀의 눈빛이 여전히 마음에 걸리는 모양이었다.

　"어서, 어서 모시세요."

　염예령이 친위대장 고일기를 향해 재촉했다.

　"알겠습니다. 어서 뫼시어라!"

　고일기의 고함과 함께 친위대원들이 도포사내의 주변을
철통같이 둘러싸며 방주전으로 향했다.

第三十一章

학대(虐待)

장홍관일

파앙—

뒤쪽에서 한줄기 경력이 폭풍처럼 밀려왔다. 그대로 격중
된다면 등뼈가 으스러질 만한 장력이었다.

"지겨운 놈!"

단목진희는 이를 뽀드득 갈며 신형을 솟구쳤다.

그녀의 양쪽에서 몸을 날리던 두 명의 호위도 찢어 죽여도
시원치 않겠다는 표정과 함께 등을 돌렸다.

벌써 한 시진 가까이 반복하고 있는 짓이었다.

세 명이 합공하며 처치하려고 하면 반쪽 가면을 쓴 부연호
는 저만치 멀어졌다.

그래서 포기하고 등을 돌려 몸을 날리려면 뒤쪽에서 장력을 날리거나 암기를 날려 진로를 방해하고 있다.

그 장력과 암기에 실린 역도가 가볍기라도 하다면 무시하고 계속 달려나가겠건만 절대로 그렇지 않았다.

삼 대 일로 정면 승부를 하더라도 쉽지 않은 상대였다. 그런데 부연호는 처음 몇 번 정면 승부를 해보고는 그다음부터는 약아빠지게도 정면 승부는 피하고 줄기차게 진로만 방해하고 있었다.

"여우 같은 놈들!"

합공을 하려고 하자 다시 멀어지는 부연호를 보며 단목진희는 싸잡아 욕설을 퍼부었다.

반쪽 가면의 저놈이나 저놈에게 지시를 내린 그 마귀 같은 놈이나 교활하기 짝이 없었다.

놈들의 목적은 자신과 두 호위가 위건화와 합류하지 못하게 하는 분산책이다. 그리고 그 술책은 십이분 성공을 거두고 있었다.

정신을 흐리게 하는 괴서찰로 인해 심마에 빠져 허덕이다가 전력이 분산되었고, 겨우 정신을 가다듬고 합류를 시도하자 가면을 쓴 놈이 나타나 자신의 힘은 고스란히 유지한 채 방해만 하고 있다.

이러다간 해가 질 때나 조양방에 도착할 수 있을 것 같았다. 그리고 그때는 상황이 종료될 수도 있었다.

"일단은 제가 막겠습니다. 두 분은 먼저 가십시오!"

이지송이 눈을 번뜩이며 고함을 질렀다.

혼자서는 도저히 역부족인 놈이었지만 지금은 어쩔 수 없었다.

단목진희가 잠시 갈등했다. 그러나 곧 결심을 굳히며 고개를 끄덕였다.

"어서 가요!"

임대봉을 쳐다본 단목진희가 몸을 날렸다.

그 뒤를 따라 임대봉도 신형을 뽑아 올렸다.

"의리없이 그러기요."

두 사람이 먼저 사라지는 것을 본 부연호가 신형을 날렸다. 그러나 곧 이지송에 의해 가로막혔다.

"당신과는 볼일이 없소!"

부연호는 연속으로 삼 장을 두드리며 허공으로 몸을 날렸다.

퍼퍼펑—

폭음과 함께 세 줄기 거센 공력이 교묘히 방위를 점하며 이지송의 전면으로 몰려왔다.

몸을 빼낼 틈을 찾지 못한 이지송이 이를 악물며 경력을 잘라갔다.

'속임수!'

소리만 요란했지 경력에 실린 힘이 거의 느껴지지 않는 것을 느낀 이지송이 와락 얼굴을 일그러뜨렸다.

부연호는 속임수를 써서 장력에는 힘을 싣지 않고 대신 신법을 펼치는 데 공력을 최대한으로 몰아 단목진희와 임대봉을 따라붙고 있었다.

"섯거라!"

이지송이 저 앞으로 쏘아지는 부연호를 향해 고함을 지르며 몸을 날렸다.

"무슨 그런 바보 같은 소리를……."

부연호가 비웃음을 흘리며 한층 더 빠르게 신형을 날렸다.

"같이 막아주세요. 난 먼저 가겠어요."

단목진희가 임대봉을 보며 지시를 내렸다.

"안 됩니다, 아가씨! 독자 행동은……."

"명령이에요!"

단목진희가 임대봉의 말을 끊으며 단호하게 내뱉었다.

명령이라는 말에 임대봉이 주춤 신형을 멈추었다.

이제껏 단목진희는 자신들 다섯 호위에게 한 번도 명령이라는 말을 쓰지 않았다. 그러기에 지금 그녀의 입에서 터져 나온 명령이란 단어가 천금처럼 무겁게 느껴졌다.

"어서요!"

단모진희가 다시 고함을 쳤다.

"알겠습니다, 아가씨. 부디 조심을……."

임대봉이 결연한 표정과 함께 돌아섰다.

저만치 부연호가 몸을 날려 오고 그 뒤를 이지송이 바람처럼 뒤쫓고 있었다. 혼자서는 힘들겠지만 두 사람이라면 한참은 막을 수 있을 것이다.

"쯧쯧!"

임대봉이 진로를 가로막고 있는 것을 본 부연호가 혀를 차며 속도를 줄였다. 그사이 단목진희의 신형이 까마득히 앞으로 쏘아졌다.

"어쩔 수 없군."

부연호가 다시 혀를 찬 후 길게 숨을 들이켰다.

"우우우―"

부연호의 입에서 한줄기 장소성이 터져 나왔다.

쌔애액―

귓가를 스치는 바람 소리가 휘두르는 검이 뿜어내는 파공성처럼 날카롭게 여겨질 정도로 쾌속하게 경공을 펼치던 단목진희의 눈에 어느덧 조양방의 모습이 들어왔다.

갑자기 벌어진 대혼란 때문인지 외곽을 경비하는 무사들의 모습도 보이지 않았다. 아마도 혼란의 폭풍에 같이 휘말리며 자리를 이탈한 모양이었다.

단목진희는 짧은 한숨을 내쉬었다.

외곽 경비무사가 안 보이는 것으로 보아 아직 혼란이 종식되지 않았다는 말이고, 늦지 않았을 수도 있다는 말이다.

파앗—

단목진희는 한층 더 세차게 땅을 박찼다.

사물이 더욱 빠르게 뒤로 밀려나고 그만큼 조양방이 가까워졌다.

'어엇!'

한 번 더 땅을 박차려던 단목진희는 다급성을 삼키며 눈을 부릅떴다.

저만치 얕은 둔덕 옆으로 한 인영이 우뚝 버티고 서 있었다.

단지 한 명의 인영이었지만 단목진희는 순간적으로 거대한 해일을 마주한 것 같은 착각을 받고는 불식간에 경공의 속도를 늦추었다.

좀 더 가까워지며 인영의 모습이 확대되어 왔다.

군살 하나 없이 깎아 만든 듯한 사내였다. 그리고 그 사내는 눈 한 번 깜박이지 않고 자신을 주시하고 있었다.

단목진희의 뇌리로 경종이 세차게 울렸다.

절대로 우연히 마주친 사내가 아니었다.

정확히 길목을 지키며 자신을 막아서고 있는 사내였다.

"암숭인……."

단목진희는 신음을 흘렸다.

왠지 저 사내라면 암중인으로 자격이 있을 것 같았다.

그럼 삼사형 위건화는?

단목진희의 뇌리로 다시 경종이 울렸다.

"아악!"

단목진희는 불식간에 비명성을 터뜨렸다.

사내의 거대한 존재감에 가려 있던 삼사형의 모습이 갑자기 눈에 들어온 것이다.

"삼사형!"

단목진희는 찢어져라 고함을 질렀다. 그러나 바닥에 쓰러져 있는 위건화는 미동도 하지 않았다.

"아, 안 돼!"

단목진희는 쫓기듯이 서두르며 위건화에게로 달려가려 했지만 사내의 존재감이 다시 앞을 가로막았다.

"누군가요, 당신은?"

걸음을 멈춘 단목진희가 떨리는 음성으로 물었다.

피식—

청년이 미소를 지었다. 그리고는 여인의 것처럼 붉은 입술을 움직였다.

"누구겠어?"

대답 대신 반문이었다.

이미 알고 있으면서 왜 묻느냔 뜻이었다.

"암중인… 암중인이죠?"

단목진희가 고함을 치듯 물었다.

"그렇게 부른다더군."

무영이 차갑게 화답했다.

"사형… 사형을 어떻게 했죠?"

단목진희는 한층 더 떨리는 목소리로 물었다. 음성과 함께 손까지 같이 떨려왔다.

"죽이진 않았으니 너무 걱정할 필요는 없어."

무영이 여전히 차갑게 답했다.

"당신은… 누구? 왜 이런 짓을……?"

단목진희의 질문이 두서없이 흘러나왔다.

"그러는 당신들은 왜 이런 짓을 하지?"

무영이 부연호와 싸우고 있는 호위 두 명을 쳐다보며 반문했다.

단목진희는 일순 대답을 찾지 못했다. 누가 무엇을 잘못해서 벌이고 있는 싸움이 아니었기 때문이다.

"흑도를 궤멸시키려고……?"

무영이 대신 답을 던졌다.

"그래서 무림의 태평성대를 이루려고?"

여전히 단목진희는 대답을 하지 못했다.

"흑도가 궤멸되면 무림에 태평성대가 찾아오나?"

"……."

"절대로 그렇지 않을걸. 아니, 애초부터 그런 이유 때문이 아니었지. 네 부친의 욕심 때문에, 네 부친에 의해 벌어진 무차별적 살육이었어."

“그건 아니에요!”

단목진희가 처음으로 반박을 했다. 무영의 말을 따지기 이전에 부친이 거론되자 본능적인 반발심이 솟구친 것이다.

“그럼 뭐지?”

무영이 차가운 조소를 흘리며 다시 물었다.

“내가… 내가 왜 그걸 당신에게 답해주어야 하죠?”

단목진희가 냉정을 되찾으며 눈을 사납게 떴다.

아버지를 떠올리자 무황성주라는 단어와 함께 무황성주의 딸이라는 자신의 위치가 인식되며 세상을 눈 아래로 내려다보던 도도함이 되살아난 것이다.

“그걸 대답해 주기 싫으면서 왜 나보고는 그런 질문을 하나?”

다시 말문이 막혔다.

내가 그 질문에 대답할 필요를 못 느끼듯 상대 역시 그럴 수 있는 것이다.

“애초에 그런 질문들은 필요없는 것이지. 대답을 들었다고 해서 멈추어질 싸움도 아니고, 또 죽은 사람이 살아오는 것도 아니지. 문제는 지금부터야. 지금부터 내가, 그리고 그대가 어떻게 하느냐가 중요하지.”

무영이 더욱 차가운 미소를 입가에 피워 올렸다.

단목진희는 멀뚱히 무영만 쳐다보았다.

한 치의 빈틈도 없는 사내라는 생각이 들었다. 이런 사내라면 정말 어려울 것이란 생각과 함께 가슴이 바위를 얹어놓은 것처럼 답답해졌다.

아직도 미동도 않고 있는 삼사형 위건화의 상태가 어떤지 당장이라도 확인해 보고 싶지만 저 얼음 같은 사내 때문에 한 발짝도 움직일 수가 없다.

"비키세요!"

단목진희가 차가운 고함과 함께 검을 들어 올렸다.

검을 치켜 올리며 중단세를 취하자 조금 전까지 초조해하던 그녀의 모습은 간곳없고 한 마리 표범 같은 맹렬한 기세가 뿜어져 나왔다.

씨익—

무영이 허옇게 이를 드러내며 웃었다.

"상황 파악이 안 되는 모양이군. 이런 상황이라면 싸움보다는 애원이 더 어울릴 텐데……."

무영이 쓰러져 있는 위건화를 쳐다보며 말했다.

위건화도 상대가 안 되는 자신에게 검 같은 건 휘두르지 말라는 엄중한 경고였다.

단목진희는 상체를 한 번 움찔거렸다.

무영의 말이 백번 옳다는 건 알지만 무영의 말대로 하기엔 자존심이 너무 상했다. 아니, 무황성주의 딸이라는 지고한 신분이 자존심에 앞서 그것을 허락하지 않았다.

"비키라고 했어요!"

단목진희가 입술을 깨문 후 날카로운 고함을 질렀다. 그녀의 검에서 우우웅! 하는 진동음이 맹수의 으르렁거림처럼 낮게 흘러나왔다. 그것만 보더라도 그녀의 무공이 일류고수임을 말해주었다.

"곧 죽어도 무황성주의 딸이란 말이군. 아주 귀여워. 깨물어주고 싶도록. 후후!"

무영이 차갑게 조소를 흘렸다.

"하앗!"

더 이상 참지 못한 단목진희가 기합성을 터뜨리며 검을 휘둘렀다.

그녀의 검에서 번쩍하고 한줄기 섬광이 작렬했다.

무황성주 절기인 검뢰구식(劍雷九式)의 제일초 검뢰개산(劍雷開山)이었다.

"갈수록 더 귀엽군."

슬쩍 들어 올린 무영의 우장에서도 천둥이 치는 소리가 터져 나왔다.

검뢰개산의 검기와 무영의 손에서 쏟아진 장력이 대기 중간에서 얽히며 순간적으로 공간이 일그러지는 듯한 착각이 들었다.

뒤이어 포탄이 터지는 듯한 폭음과 함께 흙무더기가 솟구쳐 올랐다.

"하앗―"

자욱한 흙먼지 속에서 다시 단목진희의 목소리가 울렸다.

파아앙—

검뢰구식의 제이초 검뢰주야(劍雷走野)의 절기가 펼쳐지며 수십 가닥의 검기가 빗줄기가 쏟아지듯 무영이 섰던 곳으로 쏟아져 내렸다.

그러나 그것은 애꿎은 땅거죽만 파 뒤집었다.

조금 전까지도 그 자리에 서 있던 무영은 어느새 신형을 이동시키며 대나무 숲 사이를 날아 나가는 한 마리 야조처럼 검뢰주야의 검기 속을 헤집으며 단목진희의 전면으로 쇄도해 들고 있었다.

"헛!"

대경한 단목진희가 다급성을 삼키며 검을 종횡으로 휘둘렀다.

검뢰구식 중 제오초인 검뢰광망(劍雷光網)이었다.

파아앙—

파공음과 함께 검뢰광망의 그물 같은 검기가 무영의 전신을 포박할 듯 쏟아져 나갔다.

"귀여운 짓도 한두 번이다!"

쇄도해 들던 무영이 그 속도 그대로 양손을 흔들었다. 그의 양손에는 어느덧 옥피리와 철피리가 각각 들려 있었다.

까아앙—

거대한 철문을 갈고리로 긁어대는 듯한 소리가 터져 나왔다. 그리고 뒤이어 검뢰광망의 검기가 가닥가닥 끊어지며 빛줄기가 허공으로 비산했다.

휘익—

철피리를 허공에 던진 무영이 오른손을 쭈욱 뻗었다.

퍼엉—

폭음과 함께 무영의 우장에서 시뻘건 혈무가 피어올랐다.

피어오르는가 싶은 순간, 혈무는 손 모양이 되어 어느새 단목진희의 가슴으로 덮쳐들고 있었다.

기겁을 한 단목진희가 폭풍 속의 대나무처럼 상체를 젖히며 혈무를 피했다. 그 순간 무영이 슬쩍 오른손을 뒤집었다.

슈아악—

단목진희의 가슴을 쳐가던 손 모양의 혈무 덩어리가 급격히 방향을 바꾸어 그녀의 허벅지를 때려왔다.

퍼억—

단목진희의 허벅지에서 둔탁한 파공음이 터져 나왔다. 동시에 그녀의 신형이 허공으로 붕 떠올랐다.

“아악!”

단목진희가 단말마의 비명을 터뜨렸다. 그러나 그녀는 이를 악물고 비룡번신의 수법으로 허공에서 몸을 틀며 그 여세를 몰아 검을 뿌렸다.

호부에 견자 없다는 말처럼 비록 온실 안의 화초이긴 하지만 무황성주 단목상군의 딸로서 모자람이 없는 신위였다.

파앗!

허공으로 솟구치는 단목진희를 향해 달려들려던 무영이 주춤 신형을 멈추며 검기를 피한 후 허공에 던져 놓았던 철피리를 세차게 두드렸다.

패애앵―

철피리가 무시무시한 파공성을 토하며 아래쪽으로 쓸어갔다. 그곳은 단목진희가 허공에서 몸을 틀어 떨어져 내리는 땅이었다.

퍼엉―

폭음이 터지며 단목진희의 신형이 착지해야 할 땅도 같이 터져 올랐다.

"아, 안 돼!"

단목진희가 다급성을 터뜨렸다.

먹구름처럼 시커멓게 터져 오르는 저 땅거죽은 떨어져 내리는 자신의 신형을 고스란히 집어삼키며 흙먼지 인간으로 만들어놓을 것이다. 그렇게 되면 옷은 물론 얼굴과 눈, 코, 입 모두 흙에 뒤덮여 흙 인형 같은 몰골이 될 것이다.

"하앗―"

내력을 하체로 몰아 정확히 착지하는 것을 포기한 단목진희는 검을 들지 않은 왼손에 공력을 끌어올려 터져 오르는 흙먼지를 향해 장력을 발출했다.

퍼엉―

　장력에 의해 덮쳐 오는 흙먼지는 날려갔지만 대신 그녀의 신형은 끈 떨어진 연처럼 뒤로 밀려갔다.

　파앗—

　무영의 신형이 그림자처럼 그녀를 따라붙었다.

　"뱃속에 허영만 가득 찬 계집!"

　무영이 차가운 음성과 함께 중심을 잃은 단목진희의 신형에 일퇴를 가했다.

　퍼억—

　옆구리에 무영의 발이 틀어박힌 단목진희의 신형이 다시 허공으로 떠올랐다.

　쉬이익!

　바람 소리와 함께 무영의 신형이 한발 앞서 허공으로 솟구쳐 그녀의 신형 위로 떠올랐다.

　옆구리에서 전해지는 지독한 고통에 정신이 가물가물하던 단목진희는 다시 허공에서 태산압정의 수법으로 찍어 내려오는 무영의 손바닥을 보며 찢어질 듯 두 눈을 부릅떴다.

　무영의 손바닥은 정확히 자신의 가슴을 향하고 있었고, 이런 경우는 상상도 하지 못했다.

　검을 휘두를 생각 같은 건 떠올리지도 못한 단목진희는 온 내력을 다 끌어올려 상체를 틀었다.

　퍼억—

　사력은 다한 단목진희의 노력 끝에 무영의 손바닥은 그녀의 가슴 대신 어깨를 두드렸다.

어깨로 전해지는 지독한 충격에 단목진희는 검마저 놓쳤다.

검을 놓친 단목진희의 신형이 급전직하로 바닥으로 떨어져 내렸다. 이대로 두어 바닥에 처박히면 충격으로 인해 등뼈나 갈비뼈가 왕창 부러질 기세였다.

"아가씨!"

그때 부연호와 싸우던 임대봉이 비명처럼 고함을 지르며 신형을 날려왔다. 그리고는 추락하는 단목진희의 신형 아래로 자신의 몸뚱이를 밀어 넣었다.

퍼억!

"아악!"

두 개의 육신이 부딪치며 파육음이 터졌다. 그리고 단목진희의 비명도 동시에 터져 나왔다.

임대봉의 헌신으로 그녀는 겨우 낭패를 모면했지만 자신의 몸을 땅바닥으로 던져 넣어 방석 역할을 한 임대봉의 입에서는 비명 대신 선혈이 흘러나왔다. 그만큼 단목진희의 떨어져 내리는 속도가 컸던 것이다.

"허영만 가득 찬 계집답지 않게 수하는 잘 두었군!"

두 사람 옆에 내려선 무영이 힐난 어린 목소리로 뱉어냈다.

"잔인무도한……."

일어서지도 못하고 그 자리에 앉은 채 단목진희가 뱀을 보는 듯한 눈빛으로 무영을 쳐다보며 중얼거렸다.

중심을 잃고 날려가는 자신을 사정없이 걷어차는 것도 모자라 허공에 떠오른 상태에서는 가슴이든 어디든 가리지 않고 손바닥으로 내려쳐 오는 무영의 수법은 치가 떨릴 만큼 잔혹했다.

이런 대접은 꿈에서도 상상 못한 단목진희는 불식간에 입술을 깨물었고, 그곳에서는 한줄기 선혈이 흘러내리고 있었다. 그러나 그녀는 그것조차 의식하지 못했다.

"정말로 잔인무도한 게 어떤 건지 가르쳐 줄까?"

무영이 으스스한 목소리와 함께 오른손을 들어 올렸다.

우우웅―

무영의 오른손에서 무거운 진동음이 울렸다. 그리고는 하얀 기류가 뻗어나왔다.

"안 돼!"

임대봉이 사력을 다해 단목진희를 밀쳐 내며 몸을 피했다.

단목진희의 신형이 있던 자리가 다시 터져 올랐다. 임대봉이 아니었으면 단목진희는 백색 기류에 고스란히 가격당했을 터다.

"귀찮군!"

무영이 짤막한 역정과 함께 왼손에 모아 쥐고 있던 두 개의 피리를 한꺼번에 휘둘렀다.

두 자루의 피리에서 푸르고 검은 기운 두 줄기가 한꺼번에 쏟아졌다.

"허억!"

임대봉이 다급성을 지르며 검을 쳐올렸다.

찌이잉—

기이한 금속성과 함께 임대봉의 검이 두 조각 나며 그의 오른팔도 같이 잘려 나갔다.

"크아악—"

쏟아져 나오는 선혈과 함께 임대봉이 처절한 비명을 터뜨렸다.

"반항할 힘도 없는 여인에게 온갖 잔혹한 짓을 자행하며 그 비명 소리를 즐긴다면 잔인무도하다고 할 수 있을까?"

임대봉을 무력화시킨 무영이 검지를 들어 올려 단목진희의 가슴 한곳을 가리켰다.

이번에는 무영의 손끝에 하얀 기류가 어렸다.

피이잉—

무영의 검지에 어렸던 기운이 단목진희의 가슴 혈을 향해 뻗어나갔다.

단목진희가 필사적으로 몸을 틀었다.

무영의 일격에 의해 부러진 그녀의 어깨에서 극심한 통증이 몰려왔지만 지금은 그런 것을 의식할 처지가 아니었다. 무영의 손가락 끝에서 뻗어나온 경력은 어떤 쇠꼬챙이보다 음험하고 독날해 보였고, 추호의 인정을 두지 않은 지풍 같았다. 그것에 격중된다면 여지없이 몸에 구멍이 뚫릴 것이다.

파앗—

어린아이 머리만 한 돌멩이 하나가 지풍에 가격당하며 구멍이 뻥 뚫렸다.

피잉—

다시 지풍이 터져 나왔다.

"아악!"

이번에는 반대쪽으로 몸을 굴리던 단목진희는 부러진 어깨가 완전히 탈골되는 고통에 더 이상 몸을 움직이지 못하고 고스란히 지풍에 가격당하며 날카로운 비명을 토했다.

"후후! 아주 재밌군. 네 둘째 사형도 이런 재미에 날 새는 줄 몰랐나 보군."

잔인한 웃음을 흘린 무영이 다시 지풍을 쏘아댔다.

"아아악!"

필사적으로 몸을 뒤틀던 단목진희의 입에서 더 큰 비명이 터져 나왔다.

다시 무영의 지풍이 명치 어림을 파고들었던 것이다.

우우웅—

이번에는 무영의 손끝 세 곳에서 백색 기류가 어렸다.

단목진희의 눈에 죽음의 공포가 어렸다.

이미 격중당한 두 개의 지풍도 죽을 정도로 고통스러웠다. 그런데 세 개가 동시에 발출된다면?

피피핑—

그녀의 우려대로 세 개의 지풍이 동시에 터져 나왔다. 언뜻 보기에는 동시였지만 그것은 미세한 시간차를 두고 터졌기에 단목진희는 한꺼번에 세 바퀴를 구를 수밖에 없었다.

"아아악—"

탈골된 뼈마디가 찌르는 고통에 단목진희는 다시 비명을 질렀다.

두 개는 겨우 피했지만 한 개가 사정없이 옆구리에 틀어박혔다.

"더 크게 비명을 질러봐! 네 둘째 사형이 얼마나 재미있었는지 내가 그대로 느껴보게 말이다."

광기에 물든 눈을 한 무영이 고함을 지르며 손가락을 뻗었다.

피잉—

이번에는 볼을 향해 지풍이 날아왔다.

단목진희는 세차게 고개만 옆으로 틀었다. 더 이상은 뒹굴 기력도 없었다.

볼 바로 옆에서 흙더미가 터져 올랐다.

피잉—

다시 반대쪽 볼로 지풍이 날아왔다.

"아악—"

단목진희가 반대쪽으로 고개를 틀며 비명을 질렀다.

피잉—

핑—

지풍과 단목진희의 비명이 계속되었다.

"그만, 그만 하게!"

이지송을 급히 제압한 부연호가 날아와 무영을 만류했다. 그가 보기엔 이성을 잃은 무영이 단목진희를 죽어 버릴 것 같았다.

그러나 무영은 그 목소리도 듣지 못하는 듯 다시 손가락을 들어 올렸다.

무영의 손가락이 정확히 단목진희의 미간을 가리켰다.

"그만 해, 이 미친 새끼야!"

마침내 부연호가 고함을 치며 손바닥으로 무영의 어깨를 때렸다.

제법 공력을 실은 손바닥이었기에 무영의 신형이 서너 걸음 뒤로 주르르 밀려났다. 그러나 그 상태에서도 무영은 다시 손가락을 들어 올려 단목진희의 심장을 가리켰다.

"이런 미친……."

부연호가 얼른 무영의 앞을 막아섰다.

"비키지 않으면 너부터 죽이겠다!"

이글거리는 눈으로 부연호를 쳐다보며 무영이 피리를 들어 올렸다.

"그래, 다 죽여라! 다 죽이고 여기서 때려치워라! 그렇게 되면 네놈과 내 복수는 어떻게 되는 거지? 고작 계집애 하나 죽이고 끝낼 건가? 정말 그럴 거냐? 겨우 그것밖에 안 되는 놈이었나, 네놈은?”

부연호가 여전히 무영의 앞을 막아서며 고함을 질렀다.

누구보다 냉정하던 무영에게서 이런 모습을 볼 줄 몰랐던 부연호는 팔까지 활짝 벌리며 무영의 앞을 가로막았다.

[비켜!]

부연호의 고막 속으로 무영의 전음이 울렸다.

혼란스런 표정이 된 부연호가 두 눈을 끔벅이며 무영을 쳐다보았다.

여전히 이성을 성실한 듯 광기에 이글거리는 눈이었다. 그리고 초점이 잡혀 있지 않았다.

그런데 전음이라니?

그건 이성을 상실한 인간이 할 수 있는 행위가 아니었다. 무언가 암계를 도모하는 사람이나 할 수 있는 행위였다.

‘이 자식이?’

부연호는 눈살을 찌푸리며 무영의 눈을 직시했다.

[산통 깨지 말고 비켜, 이 멍청아!]

무영이 다시 전음을 발출하며 부연호에게 일장을 내갈겼다.

강력했지만 내상을 입히지 않고 밀쳐 내는 장력이었다.

“크아악—”

무언가 느낀 부연호가 처절한 비명을 지르며 뒤로 날려갔
다. 그리고는 바닥에 나뒹굴며 꼼짝도 하지 않았다.

"계속해 볼까?"

다시 단목진희를 쳐다본 무영이 이번에는 다섯 개의 손가
락을 한꺼번에 들어 올렸다.

"제발!"

더 이상 고개를 옆으로 돌릴 힘마저 상실한 단목진희가 애
원을 했다.

그녀의 눈에서는 두 줄기 굵은 눈물이 연신 흘러내리고 있
었다.

"대체… 대체 왜 이러는 거예요? 어허헝!"

단목진희가 통곡성과 함께 고함을 질렀다. 반항할 의지를
완전히 상실한 여인의 모습이었다.

이제 그녀는 무황성주의 딸이라는 껍질을 벗어던진 채 온
실 안의 화초로 돌아온 것이다.

"으아앙!"

단목진희의 통곡이 더 크게 이어졌다.

"나도 그게 궁금해. 네 둘째 사형은 그 여인에게 대체 왜
그랬을까? 전혀 재미있지 않은데 말이야."

눈에서 광기를 서서히 지워 버린 무영이 차가운 음성으로
말했다.

단목진희가 무영을 쳐다보며 두 눈을 깜박거렸다.

정신이 다 빠져나갈 만큼 혼쭐이 난 그녀의 뇌리 속으로 무영의 목소리가 새겨지듯 들렸다.

"둘째 사형이……?"

단목진희가 무영의 말을 되뇌었다.

"설마 네 아버지가 그렇게 하라고 시킨 건 아니겠지?"

무영의 목소리가 단목진희의 뇌리에 다시 새겨졌다.

"아, 아니에요. 절대로 그렇지 않아요. 둘째, 제 둘째 사형이 무슨 짓을 했죠?"

단목진희가 어디서 힘을 났는지 고개를 세차게 흔들며 말했다.

"아악!"

그녀가 다시 비명을 질렀다. 세찬 고갯짓을 하자 탈골된 어깨의 상처가 극심한 통증을 전해주었기 때문이다.

"어쨌든 상관없다. 네 둘째 사형이란 놈이 내가 아는 어떤 여인에게 했던 짓을 너에게 그대로 해줄 테니까."

무영이 다시 두 눈 가득 광기를 피워 올렸다. 아까보다 더 강하게 이글거리는 눈이 아수라를 방불케 했다.

"이러고도 무사할 줄 아나요?"

여전히 바다에 드러누운 채 새우처럼 등을 구부린 단목진희가 최후의 발악을 하듯 고함을 질렀다.

무황성주의 딸인 자신을 이렇게 학대하면 무황성이 절대로 가만히 있지 않을 것이라는 부친의 위세를 업은 살벌한 엄

포였다.

번쩍!

무영의 눈이 일순 폭광을 내뿜었다.

우웅—

앞으로 쭈욱 뻗은 무영의 손에서 강력한 흡인지가 발생하며 바닥에 뒹굴고 있는 단목진희의 신형을 끌어당겼다.

단목진희가 경악에 물든 눈으로 공력을 운기했지만 내식이 진탕된 그녀의 몸은 속절없이 무영의 손으로 빨려들었다.

무영의 양손이 단목진희의 멱살을 움켜잡았다.

질식하지 않을 만큼 최소한의 숨통만 트인 단목진희의 얼굴이 시뻘겋게 변해갔다.

"세상에서 제일 위험한 인간이 어떤 인간인 줄 알아?"

숨결마저 느껴질 정도로 가깝게 단목진희의 얼굴을 끌어당긴 무영이 차갑게 물었다.

단목진희는 아무런 대답도 하지 못한 채 질식할 듯 헐떡거렸다.

"그건 잃을 게 아무것도 없는 인간이지. 나처럼 말이야. 난 지금 더 이상 잃을 게 없기에 그 어떤 것도 두렵지 않아. 무황성이든 무황성주든."

무영이 단목진희의 멱살을 잡은 손아귀에 힘을 주었다.

"큭! 끄윽—"

단목진희의 얼굴이 벌겋다 못해 시커멓게 변해갔다.

“제발, 제발 그만 하시오. 내 목숨을 드릴 테니 아가씨에게
는 더 이상 박해를 가하지 마시오.”

외팔이가 된 임대봉이 터져 나오는 선혈을 겨우 지혈시킨
후 나머지 한 팔로 필사적으로 무영의 팔을 붙들며 애원했다.
그의 눈에는 더 이상 한 점의 투지도 남아 있지 않은 채 목숨
을 바쳐서라도 주인을 지키고자 하는 애절함만이 가득했다.

“충성스런 부하들이군.”

무영이 질식 일보 직전인 단목진희의 신형을 내팽개쳤다.
그리고는 천천히 위건화의 곁으로 다가가 위건화를 들어 올
렸다.

“너에게도 그 여인과 똑같이 해주고 싶었는데… 뭔가 내키
지는 않는군. 그건 아마 네가 그렇게 되어도 네 사형들이 별
로 슬퍼하지 않을 것 같다는 생각이 들어서일지도 모르겠
어.”

눈에 광기를 지우고 원래의 모습으로 돌아온 무영이 차갑
게 단목진희를 쳐다본 후 말을 이었다.

“대신 네 둘째 사형 사운혁에게 전해라. 한 달 후 무당산
현도봉(玄度峰)으로 단신으로 찾아오라고. 찾아와서 사랑스
런 사제를 찾아가라고. 만약 허튼수작을 하면 다시는 사랑스
런 사제는 볼 수 없을 것이라는 말도 같이 전해라.”

단목진희의 혼을 완전히 빼놓은 무영이 천천히 등을 돌려
걸음을 옮겼다.

위건화가 측 늘어진 한 마리 짐승처럼 무영의 손에 들린 채 멀어지고 있었지만 초주검이 된 단목진희와 그녀의 호위 중 한 사람인 이지송은 멍하니 지켜볼 수밖에 없었다.

무영은 그들로서는 어떻게 해볼 도리가 없는 높은 벽이었다. 이렇게 목숨을 부지한 것만으로도 감지덕지해야 했다.

무영이 걸음을 옮기자 저만치 날려가 죽은 척 누워 있던 부연호가 부스스 일어나 무영을 따랐다.

"대체 무슨 수작인가? 왜 그녀를 그렇게 혹독하게 다뤘나? 설마 그녀가 누구 딸인 줄 잊은 건 아니겠지?"

구릉을 완전히 돌아 단목진희가 보이지 않을 즈음 부연호는 간담이 서늘한 표정과 함께 득달같이 질문을 던졌다.

그는 조금 전 무영이 단목진희에게 가혹하게 손을 쓰는 것을 보며 필히 그녀를 죽일 줄 알았다.

단목진희가 누구인가?

현 백도무림의 패주라 할 수 있는 무황성주의 둘째딸이 아닌가?

아무리 잃을 것이 없으면 겁나는 것도 없다고 하지만 그녀를 그렇게 대하는 것은 단목상군의 수염을 사정없이 잡아당기는 것이나 마찬가지였다. 언젠가는 수염이 아니라 목을 잡아 뽑을 작정이지만 상황이 무르익기도 전에 무황성이 총력을 기울여 추살령을 내리면 대책이 없다.

아직은 그렇게 되어서는 안 된다.

이번에 조양방에서 일어난 일이 무황성의 짓이 아닌 것처럼 일을 꾸미는 연장선에서 놈들이 계속 제한적으로 움직여 주어야 하는 것이다.

무영의 전음을 듣고 무영이 이성을 잃은 악귀로 설치는 것이 아니라는 것을 알았지만 노심초사하던 마음은 어쩔 수 없었다.

"여자는 자신의 육체를 학대한 사람을 평생 잊지 못한다고 하더군."

"뭐, 뭐라고?"

불쑥 내뱉은 무영의 대답에 부연호는 거의 비명에 가까운 고함을 지르며 무명의 앞을 막아섰다. 그리고는 뚫어질 듯 무영의 얼굴을 쳐다보았다.

"대체… 대체 그런 소리를 어디서 들었나?"

기가 막힌 표정이 된 부연호는 다시 물었다.

"춘화책에서."

무영이 무덤덤한 어조로 답했다.

부연호는 두 눈만 끔벅이며 무영을 쳐다보았다.

"하—"

말문이 막힌 부연호는 마침내 헛바람을 토해냈다.

"그 학대와 이 학대가 어떻게 같단 말이냐, 이 한심한 친구야?"

잠시 후 부연호는 웃지도 울지도 못한 표정이 되어 계속 무영의 얼굴을 정시했다.

"아이고, 미치고 팔짝 뛰겠구나."

무영의 표정에서 장난기를 읽지 못한 부연호는 자기 가슴을 세차게 두드렸다.

매사에 천 년 묵은 여우 같던 무영이 이런 면에서는 백치나 다름없다고 느낀 부연호는 몇 차례 더 가슴을 두드린 후 다시 말문을 열었다.

"백번 양보해서 그렇다 치고, 그렇게 자네 존재를 그녀 뇌리에 깊이 각인시켜서 뭘 어쩌겠다는 건가? 그녀가 평생 원한을 품고 쫓아다니게라도 하겠다는 건가?"

"글쎄… 어떻게 되는지는 두고 보기로 하지."

무영이 의미심장한 미소를 지은 후 걸음을 재촉했다.

"…저 자식은 대체 뭐야? 여우야, 머저리야? 정말 미치겠군."

부연호는 잠시 동안 멍하니 서서 무영의 뒷모습을 쳐다보다가 급히 무영의 뒤를 따랐다.

第三十二章
눈에는 눈, 이에는 이

장흥관일

쾅!

내려치는 커다란 주먹에 앞에 있는 탁자가 사정없이 부서져 두 동강이 났다.

조양방 방주전에 있는 대전이었다.

그곳은 얼마 전에 조양방주 염천기가 무영을 불러 부탁했던 곳이기도 했다.

지금 그 대전의 태사의 옆에서 한 중년인이 탁자를 박살 내며 핏발 선 눈으로 앞을 노려보고 있었다.

대전 가운데는 방주 가족들로 보이는 수십 명의 인영이 서 있었다. 그리고 그 주변으로는 방주 친위대 대원들이 포위를 하듯 도열해 있었다.

"대체 네가 어떻게 이럴 수가 있단 말이냐? 어떻게 방주의 아들 된 신분으로 적도들과 내통하여 가문을 무너뜨리려 했단 말이냐?"

공야흠 수석장로로부터 그간의 상황을 간추려 들은 방주의 장남 염지상이 염지검을 향해 고함을 치고 있었다.

다 타고 스스로 꺼지기 전에는 절대로 꺼질 것 같지 않던 조양방의 불길은 너무나 강력한 폭풍우에 의해 순식간에 꺼져 버렸다.

불길이 꺼진 조양방에는 얼음장보다 더한 냉기가 건물 전체를 뒤덮었다. 그러나 그 냉기 속에서도 아직 미세한 불씨 하나는 그대로 남아 있었다.

방주의 둘째아들 염지검이었다.

"대체 왜 그러는 겁니까, 형님?"

염지검이 불만 가득한 눈으로 염지상을 쳐다보았다.

단목진희의 수신오위 중 세 명과 함께 방주전으로 달려가던 도중에 피리 소리와 함께 들려온 무영의 음성에 모든 움직임이 일시에 멈추어 버렸다.

제일 먼저 동작을 멈춘 자들은 염지검이 절대적으로 믿고 있던 세 명의 중년인이었다. 그들은 단목진희라는 말이 나오자마자 하얗게 질린 채 그 어떤 지시도 거부했다. 잠시 후 그들은 오던 길을 되돌아 사라졌다.

그다음으로 이번 분란이 무황성의 사주에 의한 것이라는 목소리를 들은 방도들이 급격한 혼란에 빠지더니 하나둘 흩어졌다. 흑기대주마저 도망가자 장로들을 제거하기 위해 방주전으로 달려가는 길에 남은 사람은 염지검과 몇몇 조장뿐이었다.

하늘이 무너지는 듯한 위기감에 빠진 염지검은 곁에 남은 조장들을 베어버리고 즉시 자신의 처소로 돌아가 이런저런 증거들을 소멸시키기 시작했다.

고맙게도 대부분의 원흉은 죽어버렸다. 그들이 사라진 이상 자신의 반역 행위는 소멸되는 증거들과 함께 파묻혀 버리는 것이다. 자신은 형과 마찬가지로 대주와 조원들에 의해 일방적으로 차기 방주로 추대되어 감금된 것이다.

형이나 자신은 똑같이 그런 식으로 놈들의 음모에 이용된 것이니 누가 누구를 탓할 입장이 아닌 것이다. 그렇게 끝까지 밀고 나가면 아무런 증거도 없는 형도 어쩔 수 없을 것이다.

혹시 조원 몇 놈이 불리한 증언을 하더라도 그놈들이 오히려 반도라고 잡아떼면 된다.

염지검은 냉정하게 결심을 굳혔다. 억지라고 해도 지금으로서는 그렇게 할 수밖에 없었다.

한 가지 마음에 걸리는 것은 딸 염호경이 어디 갔는지 보이지 않는 것이다.

완벽하게 처리하려면 딸을 어느 곳에 보내놓고 두어 달 후에 데려와야 했는데 딸은 혼란 중에 겁을 먹고 어디에 숨었는지 지금까지 코빼기도 보이지 않았다.

그러나 그것 역시 불행 중 다행이었다.

염지검은 심호흡을 하며 형 염지상을 바라보았다.

"그것도 모자라 아버지를 중독시켜 시한부 생을 만들었단 말이냐?"

염지상이 다시 고함을 질렀다.

염지검은 비릿한 미소를 지었다.

부친의 중독 역시 어떤 증거도 찾을 수 없으니 자신을 핍박할 수는 없다.

다른 건 몰라도 그것만큼은 절대로 자신있었다.

"대체 무슨 억지를 쓰고 계시는 겁니까, 형님! 제가 뭘 잘못했다고 그러시는 겁니까? 형님이나 저나 놈들의 흉계에 말려 똑같이 꼭두각시가 되지 않았습니까? 나는 흑기대와 황기대 놈들에게 둘러싸여 처소에서 옴짝달싹 못했고 형님은 적기대에 포위되어 그러지 않으셨습니까? 그러는 사이 실질적으로 분란을 주도한 사람은 만조강 이장로였습니다. 형님이나 저는 똑같이 이용당했을 뿐입니다. 그걸 모르시겠습니까?"

염지검은 자신이 흑기대와 황기대에 의해 꼭두각시가 된 것이 억울해 죽겠다는 표정으로 목소리를 높였다.

일순 염지상은 할 말을 잃었다.

공야흠 장로로부터 간략한 설명을 듣긴 했지만, 그래서 그 말을 듣는 순간 터질 듯한 분노에 휩싸여 이런 자리를 만들었지만 동생 염지검이 적과 내통하고 부친을 중독시키기까지 했다는 사실은 오로지 수석장로 공야흠의 말에 의해서이지 자신이 무슨 증거를 가지고 있는 것은 아니었다.

그뿐만 아니라 공야흠의 말을 듣기 전에는 동생을 조금도 의심하지 않았다. 동생과는 사이가 좋지 않고 동생의 야망 가득한 눈빛이 이따금씩 경계심을 불러일으켰지만 그래도 피를 나눈 형제라는 생각에 그 이상의 극단적인 생각은 하지 않았다. 그러했기에 지금 동생의 반박은 염지상을 혼란스럽게 만들었다.

'내가 수석장로님의 말만 듣고 너무 성급하게 군 것이 아닌가?'

염지상은 앞뒤를 더 재어보지 않고 이런 자리를 만든 자신의 경솔함을 후회했다. 그러나 이젠 엎질러진 물이었다. 여기서 주춤거리게 되면 웃음거리와 함께 동생의 방자함을 평생 다스릴 수 없다.

콰앙—

염지상은 다시 탁자 하나를 박살 냈다.

이번에는 아까보다 훨씬 더 거세게 공력을 끌어올렸기에 탁자는 여러 조각으로 박살이 나며 그 파편이 사방으로 비산했다.

전혀 위축됨없이 거세게 몰아붙이는 염지상의 기세에 대

전에 시립한 식솔들과 친위대가 움찔 신형을 굳혔다.

염지검도 순간적으로 형의 시선을 피했다.

그러나 마음을 독하게 먹은 염지검은 이내 고개를 빳빳하게 쳐들고 형 염지상을 노려보았다.

"대체 뭘 어쩌시겠다는 것입니까, 형님? 지금은 이럴 때가 아니지 않습니까? 풍전등화 같던 위기에서 벗어났으면 형제들끼리 힘을 모아 혼란을 수습해야 하는 것이 아닙니까? 그런데 형님은 오히려 불난 집에 부채질을 하고 있지 않습니까?"

염지상은 다시 말문이 막혀옴을 느꼈다.

동생 염지검이 이렇게 조목조목 반박을 하니 오히려 궁지에 몰리는 상황이 되고 말았다.

도사 복장의 사내에게서 자신의 목숨을 구해준 청년이 너무나 깨끗하게 일을 처리해 버리는 바람에 증거도 같이 깨끗하게 사라졌다. 그리고 조양방 밖에서 들려온 장소성에 몸을 날려 사라진 그 청년은 다시는 보이지 않았다.

'역시 너무 성급했어.'

염지상은 다시 한 번 자책의 소용돌이에 빠졌다.

심증은 있더라도 물증이 없으니 더 이상 어찌해 볼 수 없고, 그것은 곧 자신의 위신에 큰 흠집을 남길 것이다.

'끄응!'

차후에 명백한 증거를 잡아 다시 취조하더라도 지금은 한 발 물러설 수밖에 없다는 생각을 하며 몸을 일으키려 했다.

[쇠도 뜨거울 때 때려야 하는 법이지요. 지금부터 제가 하라는 대로 하십시오.]

염지상의 고막으로 한줄기 전음이 파고들었다.

동지라면서 자신의 목숨을 구해준 청년의 목소리였다.

염지상은 온 세상을 가득 덮은 먹구름이 일시에 걷히는 기분을 느끼며 의자 등받이에 느긋하게 등을 기댔다. 그의 얼굴에 승리감이 진하게 번져 나가고 있었다.

"데려오너라!"

잠시 동안 느긋하게 침묵을 지켰던 염지상이 폭발하듯 고함을 질렀다.

고함 소리에 가솔들이 일제히 염지상의 시선을 좇아 고개를 돌렸다.

끼이익—

육중한 소음과 함께 대전 뒤쪽의 문이 열리며 몇 명의 인영이 안으로 들어왔다.

'아니, 저 녀석이 왜?

다른 사람들과 마찬가지로 황급히 고개를 돌려 뒤쪽을 쳐다보던 염지검의 두 눈이 찢어질 듯 크게 뜨여졌다.

혼란의 와중에 어디 피해 있기라도 하겠거니 생각하고 있던 딸 염호경이 두 명의 시비와 함께 안으로 들어서고 있었다. 그들의 뒤쪽에는 방주의 그림자 중 한 사람인 진설이 검을 든 채 따르고 있었다.

‘뭔가 잘못됐다.’

염지검의 뇌리에 경종이 세차게 울렸다.

다른 사람은 몰라도 딸 염호경은 이번 일에 있어서 가장 큰 역할을 했고, 그래서 가장 큰 위험성을 내포하고 있기도 했다. 그런 염호경이 진설에게 끌려오고 있다시피 하니 큰 위기감을 느낄 수밖에 없었다.

‘하지만……’

잠시 극심한 혼란에 빠졌던 염지검은 마음을 다잡았다.

비록 딸 염호경을 진설이란 호위가 데려왔지만 무언가를 알아내는 것은 불가능했을 것이다. 그럼 상황은 전혀 달라지지 않는다.

염지검은 다시 염지상에게 시선을 고정시켰다.

그러는 사이 염호경과 두 시비는 창백한 표정으로 염지상 앞에까지 걸어왔다.

“네가 왜 여기까지 왔는지 알겠느냐?”

염지상이 질녀인 염호경을 향해 물었다.

“백부님, 이 여자가… 흐흑!”

염호경이 울먹이며 무언가 하소연을 하려 했다. 염지상이 손을 들어 올려 염호경을 만류했다.

“그건 차후에 따지기로 하자. 지금부터 너는 내가 시키는 대로 해야 한다. 알겠느냐?”

염지상이 추상같이 고함을 지르자 염호경이 눈물을 훔친

후 의구심 가득한 눈으로 염지상을 쳐다보았다.

납치되어 이제껏 묶여 있던 그 억울한 사연을 들으려고도 하지 않고 다짜고짜 시키는 대로 하라니?

도저히 영문을 알 수가 없었다.

"물론 부당하거나 조금이라도 위험하다는 생각이 들면 하지 않아도 된다. 알다시피 지금은 조양방에 있어 큰 위기 상황이구나. 그래서 거두절미하고 시키는 것이나 따르도록 하거라."

큰 위기 상황이라서 시키는 것이라는 말에 염호경은 궁금증을 접고 고개를 끄덕였다.

"요즈음 네가 고맙게도 할아버지의 어깨를 열심히 주물러 드렸다고 들었다. 그게 사실이냐?"

염지상이 차분하게 질문을 던지자 염호경이 고개를 끄덕이며 입을 열었다.

"그래요. 요 몇 달 사이 부쩍 몸이 뻐근해하시기에 거의 매일 찾아뵙고 어깨를 주물러 드렸어요."

염호경이 칭찬이라도 받으려는 듯 의기양양하게 말했다.

염지상이 고개를 끄덕였다. 그리고 다시 입을 열었다.

"그럼 어떻게 안마를 해드렸는지 네 아버지에게도 한번 해 보거라. 꼭 보고 싶구나."

염지상의 요구에 염호경이 다시 어리둥절한 표정을 지었다.

어깨를 주무른다는 것이 별다를 게 있는 것이 아니다. 그런데 직접 시범을 보이라는 것은 이해가 되지 않았다.

"어서 해보거라. 아까도 말했듯이 비상시국이라 그러는 것이니 이유는 나중에 묻기로 하고……."

염지상은 무영이 전음으로 시킨 대로 최대한 인자한 목소리로 말했다.

"알겠습니다."

염호경이 고개를 끄덕인 후 부친 염지검에게로 다가갔다.

'설마?'

다가오는 딸 염호경을 바라보는 염지검의 눈이 폭풍우에 휩싸인 가랑잎처럼 심하게 흔들렸다.

지금 이 상황에서 염호경에게 안마를 언급한다는 것은 어쩌면 모든 것이 드러났다는 말일 수도 있었다. 그리고 그건 자신의 인생이 끝장났다는 말과 같았다.

'하지만!'

염지검은 몸을 날려 도망치고 싶은 충동을 가까스로 억눌렀다.

반지에 대해 형이 무언가를 알고 있다 하더라도 당장은 문제될 것이 없었다.

반지에서 뿜어져 나오는 독분은 눈에 보이지도 않을뿐더러 오늘 밤을 꼬박 새워 안마를 받더라도 아무런 이상이 없을 것이다. 반지 속의 독은 몇 달에 걸쳐 체내에 쌓여야 효력이 발생하는 것이다.

은밀히 호흡을 고른 염지검은 매서운 눈으로 염지상을 쳐다보았다.

"대체 이게 무슨 해괴한 짓입니까, 형님? 이 혼란한 상황에 안마라니요? 놈들과 싸우다가 주화입마에라도 빠지신 겁니까?"

염지검의 고함에 모든 가솔들이 염지상만 쳐다보았다. 그들의 눈에도 염지상의 행동이 도저히 이해가 되지 않았고, 그러다 보니 염지검의 말대로 정말 주화입마에라도 빠진 것이 아닌가 하는 의심이 들어 염지상의 신색을 살피기 시작했다.

지금 상황이 이해가 안 되기는 염지상 본인도 마찬가지였다.

무영의 전음에 따라 시키는 대로 하고 있기는 하지만 '이게 무슨 해괴한 짓인가?' 하는 생각이 열 번도 더 들었다. 아마 미리 무영의 가공할 신위를 목격하지 못했다면 전음을 묵살하고 자리를 떠났을 것이다.

"어서 시키는 대로 하거라! 그리고 너는 이 의자에 앉아서 딸의 안마를 받아라."

염지상이 다시 엄한 표정과 함께 지시를 내리며 염지검 앞으로 의자를 던졌다.

"알겠습니다. 대체 얼마나 더 사람을 웃기시려고 이러는지 마음대로 해보십시오."

염지검은 모든 가족들에게 하소연을 하듯 고함을 친 후 의자에 앉았다. 그러자 그 뒤로 돌아간 염호경이 어깨를 주무르기 시작했다.

"반지가 예쁘구나. 그 반지는 누가 사주었느냐?"

염지상이 부친의 어깨를 주무르는 염호경을 보고 다시 질문을 던졌다.

"아버지께서 몇 달 전에……."

염호경은 거듭 의아함을 느꼈지만 좀 전과 마찬가지로 있는 그대로 답했다.

스무 번쯤 주무르자 온 신경을 집중하고 있지 않으면 절대로 듣지 못할 만한 분사음이 염지검의 귀에 들렸다.

독이 분출된 것이다.

하지만 염지검은 미동도 않고 앉아 있었다. 오랜 기간에 의해 누적되지 않는 한 그 독은 한꺼번에 아무리 많이 뿌려도 소용이 없는 것이다.

다시 미약한 분사음이 들렸다.

"아직 멀었습니까, 형님?"

분사음이 두 번 더 들린 후 염지검이 소리를 질렀다. 염호경도 얼마나 더 안마를 해야 하는지 궁금하다는 표정으로 염지상을 쳐다보았다.

"그만! 그만 하거라, 경아야!"

갑자기 염지상이 염호경을 향해 고함을 질렀다. 느닷없는 큰 고함에 염호경이 움찔 놀라며 뒤로 물러났다.

“아악―”

이번에는 가솔 중 누군가가 비명을 질렀다. 뒤를 이어 다른 사람들도 고함을 질러댔다.

‘왜?’

염지검은 어리둥절한 눈으로 사방을 둘러보았다.

모든 사람들이 자신의 얼굴만 쳐다보고 있었다.

염지검은 얼른 두 손으로 자신의 얼굴을 만졌다.

손바닥에 느껴지는 감촉은 아무런 이상이 없었다. 피부가 쭈글쭈글하는 느낌도 들지 않았고, 열기도 느껴지지 않았다.

‘그런데 왜?’

염지검이 고개를 돌려 딸 염호경을 바라보았다.

“아악! 아버지!”

염호경도 두 손으로 자신의 얼굴을 감싸며 목이 찢어져라 비명을 질렀다.

‘대체 왜?’

염지검은 얼른 일어서서 대전 구석 쪽으로 향했다. 그곳에는 작은 실내 연못이 있어 얼굴을 비춰볼 수 있었다.

그러나 염지검은 숯처럼 시커멓게 탈색된 자신의 얼굴을 확인할 수가 없었다.

어느새 다리에 힘이 풀려 더 이상 걸음을 옮길 수가 없었기 때문이다.

“내가, 내가 왜 이러지?”

염지검은 두 손으로 다시 얼굴을 쓰다듬었다.

이번에는 무언가 느껴졌다.

코를 통해 뜨거운 선혈이 쏟아지고 있었다. 선혈 속에서 역한 비린내가 맡아졌다.

비틀거리며 바닥에 쓰러진 염지검은 한 가지 사실을 파악할 수 있었다.

딸의 반지에 들어 있던 독이 바뀐 것이다.

누군가 반지의 비밀을 알고 부친을 중독시킨 만성독을 빼낸 후 극독을 대신 넣어 똑같은 방식으로 복수를 하고 있는 것이다.

‘형이?

염지검은 바닥에 드러누운 채 달려온 형 염지상을 올려다보았다.

자신보다 더 놀란 표정이었다.

형은 아니었다. 그럴 만큼 독한 사람도 영민한 사람도 아니었다.

‘그렇다면 아버지가?

아버지가 알았다면 지금껏 그렇게 속수무책으로 당하지는 않았을 것이다.

‘그놈이었나? 후후!’

염지검이 비로소 일을 꾸민 장본인을 알 것 같았다.

피리 소리와 함께 공력을 실은 목소리로 위건화를 부르던 그놈!

그놈으로 인해 모든 것이 성사 직전에 수포로 돌아갔다.

모든 것이 틀어진 그 순간 염지검은 급히 숙소로 돌아와 증거들을 없애기 위해 동분서주하느라 얼굴도 보지 못했지만 그놈이 틀림없었다.

하지만 어떻게 그놈이 자신의 딸 손가락에 끼워져 있는 반지의 비밀까지 알아냈단 말인가?

그것이 너무나 궁금했지만 더 이상 궁금증을 파고들 여력이 없었다.

온 내장과 사지 근육이 뒤틀리는 지독한 고통이 음습해 왔기 때문이다.

"우엑!"

한 사발이 넘는 피를 토한 염지검이 처절한 비명을 지르며 바닥을 뒹굴었다.

지옥에도 이런 고통은 존재하지 않을 것 같았다.

고통으로 의식이 가물가물한 염지검의 눈에 언뜻 송옥에 견줄 만한 청년의 모습이 들어오는 것도 같았다.

그 청년이 자신을 내려다보며 '눈에는 눈, 이에는 이. 내가 제일 좋아하는 말이지요' 하고 중얼거리는 환상도 보였다.

또 그 청년이 무엄하기 짝이 없게도 뚜벅뚜벅 대전을 가로질러 태사의 쪽으로 다가가 태사의에 털썩 주저앉는 환상도 보였다.

　조양방주의 태사의에 감히 저런 기생오라비 같은 놈이 주 저앉다니?

　환상이지만 용납이 되지 않았다. 더구나 그 옆에는 얼굴 반 쪽이 황금빛으로 번쩍거리는 악귀도 들러붙어 있었다.

　"아아악!"

　분기가 일자 고통이 더욱 가중되어 왔다. 염지검은 대전이 무너질 듯한 비명과 함께 정신줄을 놓고 말았다.

第三十三章

장악(掌握)

장홍관일

이틀이 지난 후 조양방의 혼란은 완전히 정리가 되었다.

분란에 휘말리지 않고 처음부터 방주를 지지한 회기대, 녹기대를 중심으로 질서 회복에 힘을 쏟는 한편, 무황성과 결탁하여 분란을 획책한 둘째아들 염지검과 그의 가족을 뇌옥에 가둠으로써 조양방은 빠르게 원래의 모습을 회복하고 있었다.

그러나 내당의 가장 깊은 곳인 방주전에는 조금도 나아진 것이 없고 오히려 극심한 긴장감이 온 건물을 감싸고 있었다.

조양방주 염천기의 의식 불명 때문이었다.

무영이 위건화를 제압한 후 무영의 부탁을 받은 무영의 사형은 자신이 직접 만든 내단을 염천기에게 복용시킨 후 운기조식에 빠져들게 하였다.

운기조식과 함께 내단의 약효가 온몸으로 스며들자 염천기는 혼수상태에 빠졌고, 나흘이 지난 지금까지 의식을 찾지 못하고 있는 것이다.

"정말로 깨어날 수 있는 것인가?"

조양방주의 장남 염지상이 초조한 기색을 감추지 못한 채 무영을 향해 질문을 던졌다. 방주의 침실에 가득 모인 다른 사람들도 염지상의 시선을 따라 무영만 쳐다보았다.

"대답 좀 해보게. 답답해 죽겠네."

염지상이 다시 무영에게 질문을 던졌다.

"조금만 더 기다려 보십시오. 사형께서 자신있다고 했으니 틀림없이 깨어나실 겁니다."

무영은 조금도 긴장하지 않은 기색으로 염지상의 질문에 답했다.

"그런데 자네 사형이란 사람은 대체 어딜 갔기에 어제부터 코빼기도 안 보이는 건가?"

염지상은 내단을 만들어 부친에게 복용시킨 후 어디론가 사라져 버린 도포사내의 행방을 물었다.

자신의 기준으로 보아 하늘같은 능력을 가진 무영이 깍듯하게 대하는 그의 사형이기에, 그리고 환술을 써서 단목진희의 세 호위를 자신들끼리 싸우게 만든 가공할 능력을 가진 사람이기에 그 능력을 믿어 의심치 않았지만 그 이후의 행동은 어쩐지 믿음이 가지 않았다.

조양방 방 내를 산책하다가 길을 잃고 거처를 제대로 찾지 못하는가 하면, 녹기대 여인들과 마주치기라도 하면 마치 요괴를 본 듯 기겁을 하며 옆으로 피해 그녀들을 당황하게 만들었다. 특히, 염지강의 딸 염예령이 무영에게 접근하면 지붕이 무너지기라도 하는 듯 난리를 쳤다.

그런 그의 기행에 처음 봤을 때의 강렬한 인상은 희석되고 이젠 그 능력에 의심까지 들기 시작했다.

"글쎄요. 워낙 예측 불허한 사람이라 저도 어디로 갔는지 짐작이 안 가는군요."

"정말 그 사제에 그 사형이군요."

염예령이 골이 잔뜩 오른 표정과 함께 끼어들었다.

무영에게 말이라도 한 번 걸라 치면 큰일 날 듯 난리를 치는 도포사내 때문에 이제껏 제대로 된 질문 한번 하지 못한 염예령이었다.

무영의 신분이 무엇인지, 어떻게 무황성의 흉계를 알고 조양방에 잠입했는지, 또 염호경의 반지에 독이 든 것은 어떻게 알았는지 등등, 그간에 그가 꾸민 일과 계책이 너무나 궁금했지만 도포사내에 막혀 포기할 수밖에 없었다.

"양반 되긴 틀렸군!"

난감한 표정을 하던 무영이 피식 미소를 흘렸다. 그와 함께 바깥에서 누군가 급히 달려오는 소리가 들렸다.

"아이고, 겨우 찾았구나."

도포사내의 목소리였다. 또 길을 잃기라도 한 듯 그 목소리에 노곤한 탄식이 묻어 있었다.

기다리던 사람의 목소리가 들려왔기에 모든 시선이 문 쪽으로 향했다.

덜컹!

문이 열리며 도포사내가 안으로 들어왔다. 그리고는 수많은 시선을 마주하고는 주춤 걸음을 멈추었다.

"어딜 다녀오셨습니까, 사형?"

무영이 빙그레 미소를 지으며 물었다.

"자네가 부적으로 술법을 펼쳤던 자네 동료들이 다시 발작을 일으켰네. 그래서 그들을 살펴보고 오는 길일세. 무슨 그런 일이 다 있는지, 원……"

도포사내가 입맛을 다시며 말했다.

조양방에 혼란이 일어났을 때 무영의 술법에 의해 그 능력이 몇 배로 격발되었던 회기대 이십조 조원들은 이틀이 지나고 나자 지독한 후유증에 시달렸다. 최악의 경우인 내장이 녹아내려 혈수로 변하는 상황은 아니었지만 지독한 복통과 기혈이 진탕되어 죽을 고생을 하는 것은 어쩔 도리가 없었던 것이다.

도포사내는 그들을 보살피고 있었던 것이다.

"그리고……."

도포사내가 잠시 말을 멈추었다.

"말씀하십시오, 사형!"

무영이 부드러운 어조로 말했다.

"이 건물 주변 구석구석에 원한을 품은 원귀들이 얼마나 많이 달라붙어 있던지 그놈들을 떨쳐 내고 명부로 돌려보내느라 밤새 한잠도 못 자고 돌아다녔네."

도포사내는 농담인지 진담인지 모를 소리를 하며 눈살을 찌푸렸다. 그리고는 조심스럽게 무영을 정시했다.

"그 원귀들 반 이상이 자네에게 원한을 품은 것들이었네. 자네를… 조사동에 보내지 말았어야 했어. 조사동에 갔다 오고 난 후 자넨 너무 변했네."

도포사내의 얼굴에 무거운 고뇌의 빛이 어렸다.

"사제, 지금이라도 늦지 않았네. 조사동의 무공을 잊고 이단공(二段功)에 몰입하도록 하세. 그러면……."

"그럴 수 없습니다, 사형!"

무영이 단호하게 도포사내의 말을 끊었다.

빙긋 웃으며 도포사내를 맞던 좀 전의 모습과 달리 너무도 차갑게 울려 나오는 무영의 목소리에 방 안의 모든 공기가 경직되어 얼어붙는 듯했다.

"사, 사제… 난 그저……."

도포사내가 기어들어 가는 목소리로 말했다.

“죄송합니다, 사형. 제가 너무 흥분했습니다. 정말 죄송합니다.”

사형의 목소리에 즉시 감정을 추스른 무영이 깊이 고개를 숙였다.

“아, 아닐세, 사제! 자네 가슴에 쌓인 울분이 얼마나 큰지 잘 아는 내가… 그만 실수를 했네. 그러니 마음을 풀게. 난 그저 자네가 걱정이 되어서…….”

도포사내는 얼른 손을 내밀어 허리를 숙인 무영의 어깨를 바로 세웠다.

“다시는 이런 일이 없도록 하겠습니다, 사형!”

거듭 사죄한 무영이 낮은 한숨을 내쉰 후 표정을 밝게 했다. 얼음처럼 경직되었던 방 안의 공기도 무영의 표정과 함께 천천히 녹아내렸다.

“그런데 방주님은 언제쯤 깨어날까요?”

무영이 방 안에 모인 모든 사람의 심정을 대변하며 물었다.

“방주? 아직도 깨어나지 않았단 말인가?”

비로소 생각난 듯 도포사내는 염천기가 누워 있는 침상 쪽으로 고개를 돌렸다.

그곳에는 장로들을 비롯한 그의 가족들이 빽빽이 둘러서 있어 방주 염천기의 모습은 보이지 않았다.

“비켜보시오!”

도포사내는 침상 주변의 사람들을 물리며 침상으로 다가

갔다.

수석장로 공야흠을 비롯한 여러 사람들이 길을 비켜주며 도포사내만 쳐다보았다.

"아이쿠!"

도포사내는 염천기의 안색을 살피며 난감한 입맛을 다셨다.

"내가 깜박했군. 마지막 주문을 읊어 선천지기를 일깨워야 하는데……. 그놈의 늙은 원귀 하나가 서까래 밑에 어찌나 질기게 달라붙어 있던지 애를 먹느라……."

깜박할 것이 따로 있지…….

듣는 사람으로서는 기가 차서 뒤로 넘어갈 소리를 중얼거린 도포사내는 두 손을 내밀어 기이한 모양으로 수인을 만들고는 입술을 달싹거렸다.

"옴 바아라 하타야 마가라……."

도포사내의 입에서 한 가닥 주문이 흘러나왔다.

독경을 외듯 낭랑하게 흘러나오는 주문은 단목진희의 세 호위와 상대할 때 읊던 음울한 주문과는 너무나 다른 느낌을 주어 방 안에 둘러선 사람들의 초조한 마음마저 가라앉혀 주었다.

"어엇!"

주문이 이어지고 한참 후 누군가 경호성을 토했다.

도포사내의 도포에 각인된 기이한 문양들이 잠시 꿈틀거

리는가 싶더니 그중 몇 개가 염천기의 신형 위로 떠올라 빠르게 선회했다.

"으음!"

잠시 후 염천기의 입에서 노곤한 신음이 흘러나왔다. 그리고는 빠르게 혈색이 돌아왔다.

"아, 아버님!"

큰아들 염지상과 셋째아들 염지강이 고함을 지르며 침상 곁으로 모여들었다.

그들을 따라 다른 가족과 장로들도 사정없이 서로를 밀치며 침상 주변으로 다가갔다.

"으으음—"

조금 더 긴 신음과 함께 염천기가 스르르 눈을 떴다.

"아버님!"

"할아버지!"

"방주!"

여러 개의 외침이 동시에 터져 나왔다. 그리고는 뚫어질 듯 염천기를 처다보았다.

몇 번 눈을 끔벅거린 염천기가 벌떡 신형을 일으켰다.

"모두 무사하느냐?"

염천기가 오히려 주변에 모인 식솔들을 쭈욱 둘러본 후 질문을 던졌다.

"할아버지, 흐흑!"

“아버님!”

염예령이 오열하며 염천기의 품으로 달려들었고, 염지상과 염지강, 그리고 다른 두 아들도 눈물을 글썽이며 염천기를 쳐다보았다.

“둘째는?”

잠시 더 주변을 둘러보던 염천기가 둘째아들 염지검을 찾았다.

일순 방 안에 정적이 감돌았다.

“가족들과 함께 뇌옥에 가두어두었습니다.”

장남 염지상이 참괴한 표정과 함께 답했다.

큰아들의 대답을 들은 염천기가 고개를 돌려 무영을 쳐다보았다. 둘째아들 염지검의 생사는 조양패를 소지한 무영에 의해 결정되었음이 분명했기 때문이다.

“처음 뵈었을 때 말씀드렸을 텐데요? 약속은 지키는 인간이라고.”

무영이 입꼬리를 말며 답했다. 그러나 염천기의 시선은 무영의 얼굴을 떠나지 않았다. 염지검의 생사 외에 다른 것도 알고 싶었기 때문이다.

“그것 역시 약속드린 대로입니다. 살았어도 오히려 죽음이 낫다는 것을 뼈저리게 느끼며 살게 될 겁니다.”

무영이 차갑게 답하자 염천기는 눈을 질끈 감았다.

그런 짓을 벌인 이상 그만한 죄과는 따를 수밖에 없고, 그건 자신으로서도 어쩔 수 없는 일이다. 무영과의 처음 한 약속대로 살아 있다는 것만으로 위로를 삼아야 할 일이었다.

"방주께서 깨어났으니 이젠 제 일을 추진해야겠군요. 모두 대연무장으로 모이십시오."

염천기에게서 고개를 돌린 무영이 갑자기 딱딱한 어조로 지시를 내렸다.

방주가 깨어나긴 했지만 아직 침상에서 일어나지 않은 상태였고, 그 회생의 기쁨을 다 누리지도 못한 상태에서 들려온 무영의 목소리였기에 모두들 멍한 눈으로 무영을 쳐다만 보았다.

"언제나 상황 인식이 느리시군요. 그러니 무황성 놈들이 그렇게 스며들지요."

무영이 품속으로 손을 넣어 조양패를 꺼내 들었다.

조양패를 보자 비로소 정신이 든 듯 수석장로 공야흠을 시작으로 하나둘씩 고개를 숙였다.

"이 조양패에는 조양방 모든 식속의 생사여탈권이 부여되어 있다고 들었습니다. 맞습니까, 수석장로님?"

반감이 가득한 표정을 한 몇몇 사람들을 쳐다본 무영이 공야흠을 향해 물었다.

"그, 그렇네!"

공야흠이 고개를 들고 답했다.

"그럼 저들은 죽여야 하겠군요."

무영은 아직도 고개를 숙이지 않은 두 사내를 쳐다보며 다시 물었다. 그들은 염천기의 넷째와 다섯째 아들이었다.

"아직 영문을 몰라서이네. 한 번은 용납해 주시게."

당황한 표정의 공야흠이 얼른 답했다.

"둘째아들의 흉계를 밝히는 과정에서 태사의에 앉아 충분히 설명을 드렸다고 생각합니다만."

무영의 눈이 서서히 냉기를 피어갔다. 그러자 그의 몸에서도 온 조양방을 얼릴 듯한 기운이 피어올랐다.

"갈!"

무영의 입이 다시 열리려는 순간, 염천기가 벼락같은 고함을 질렀다.

아직도 고개를 숙이고 있지 않던 넷째아들과 다섯째아들이 놀란 눈으로 염천기를 쳐다보았다.

아직은 완전히 회복되지 않은 부친의 그런 고함이 뜻밖이기도 했고, 그런 상태에서 분기를 터뜨리는 것은 무척이나 위험했기 때문이다.

"조양패를 부정하는 것은 나를 부정하는 것이다. 정녕 그런 생각이냐?"

염천기가 두 아들을 보며 소리를 지르자 두 아들이 당황한 표정을 하며 입을 열었다.

"아닙니다, 아버님. 우리는……."

"내가 인정한 일이니라. 그래도 할 말이 있느냐?"

"아, 알겠습니다!"

염천기의 확인을 받은 두 아들도 황급히 고개를 숙였다.

"공야 장로님 말씀대로 이번 한 번은 넘어가지요. 하지만 다음번엔 필히 목숨을 취하겠습니다. 약속드리지요."

무영의 목소리가 유부에서 들려오는 귀곡성처럼 흘러나왔다.

방 안에는 쥐 죽은 듯한 정적이 감돌았다. 가족 중 무영과 가장 가까이 지낸 염예령마저도 지금 이 순간에는 다리가 후들거려 금방이라도 쓰러질 것 같았다.

"그런데… 사형께선 왜 그곳에서 고개를 숙이고 계시는 것입니까?"

무영이 사형을 쳐다보며 물었다.

"그, 그렇지? 난 아니지? 난 이곳 사람이 아니니……."

도포사내가 얼른 고개를 들고 무영 쪽으로 다가섰다.

실소가 터져 나올 만한 상황이었지만 실내는 쥐 죽은 듯한 정적이 계속 유지되었다.

호북성의 흑도 제일방인 조양방은 그렇게 무영의 손아귀에 완전히 장악됐다.

*　　　*　　　*

"흐흐흐! 이게 꿈인가, 생시인가?"

정대룡의 목소리가 회기대 이십조의 숙소를 가로질렀다.

들뜨다 못해 정신줄을 놓은 사람의 입에서나 흘러나옴 직한 목소리였다. 그러나 누구 하나 정대룡의 그런 목소리를 책망하지 않았다. 책망하지 않았을 뿐 아니라 호응이라도 하듯 옆 침상에서 하만호도 비슷한 웃음을 토하며 작은 보따리를 만지작거렸다.

쩔거렁!

보따리 속에서 인간의 영혼을 왕창 뒤흔들고도 남을 만한 소리가 들려왔다.

쩔렁!

다시 묵직한 금속성이 울렸다.

회기대 이십조 조원들이 안고 있는 보따리 속에 든 금화가 부딪치며 흘러나오는 소리였다. 그것은 무영과 함께하기로 맹세하며 그 보수로 약속받은 것을 어제 전표도 아닌 현금으로 바로 받은 것이다.

어제 오전, 혼수상태에 빠졌던 방주가 깨어나자 방주전에서 전 방도의 비상 집결을 알리는 철고(鐵鼓)가 울리고, 뒤이어 모든 방도의 집합 명령이 내렸다.

잠시 후 외성을 지키는 경비무사를 제외한 모든 조양방도들이 대연무장에 모였다.

그곳에서 모든 방도들은 가장 상석에 앉은 무영과, 그 양옆으로 염천기와 수석장로 공야흠이 자리한 것을 보고 놀라 자빠질 뻔했다.

특히 자기 조의 신참으로 무영을 대해왔던 회기대 이십조의 사람들은 두 눈을 의심했다.

무영의 능력과 가공할 무위를 직접 보았기에 충분히 그럴 자격이 있다고 생각했지만 막상 무영이 방주 염천기보다 상석에 앉아 있으니 믿어지지가 않았던 것이다.

그러나 그것도 잠시, 공야흠 수석장로가 그간의 경위를 설명하고 방주 염천기가 직접 나서서 자신은 태상방주의 자리로 물러나고 이 년이라는 한시적 기간 동안 무영에게 조양방의 방주 직을 맡긴다는 선언과 함께 조양패를 넘기자 자신의 눈이 잘못된 게 아니란 것을 인식했다.

어찌 돌아가는 영문인지 세세히 알 수는 없었지만 방주와 장로들, 그리고 방주 가족들이 모두 인정한 이상 방도들은 그것을 따를 수밖에 없었다. 그로 인해 월봉이 은자 한 냥씩 더 오르자 경직되었던 표정이 풀어지고 이따금씩 함성도 터져 나왔다.

그 과정에서 조양패를 손에 든 무영은 즉시 상벌을 가렸다.

제일 먼저 혼란을 야기시켰던 대주 중 유일하게 살아남은 흑기대주의 처벌이 있었다.

염지검과 함께 흑기대를 이끌고 방주전으로 달려가는 도중 무영의 목소리와 함께 모든 것이 좌절되자 흑기대주는 사태의 불리를 파악하고 즉시 도주했다. 그러나 끈질기게 추적

한 회기대 이십조 조원인 우기종과 조임중, 막여상 등에 의해 끌려왔다.

무영은 그에게 추호의 인정도 베풀지 않았다. 그는 모든 방도들이 지켜보는 가운데 참수되었다.

그리고 같이 혼란을 주동했던 몇몇 조장은 단근참맥을 시킨 후 추방했다.

그것으로 죄를 묻는 절차는 끝났다.

그다음으로는 당연히 상을 내리는 순서였다.

먼저 염지상을 비롯한 네 아들이 흑기대와 적기대, 청기대, 황기대의 대주 직을 맡았다.

그동안 둘째아들 염지검의 손에 권력이 쥐어지는 것을 막기 위해 방주 염천기는 아들들에게 대주 직을 맡기지 않았지만 이젠 그럴 이유가 없었다.

그다음으로 회기대 이십조의 조원들이 각 부대의 일조 조장 및 부조장 직을 맡았다.

음지에서 조양방을 구한 일등공신의 역할을 한 때문이기도 했고, 그들의 무공이 그만큼 증대되었기 때문에 이루어진 당연한 결과이기도 했다.

부적에 의한 무공 증대는 사흘 정도가 지나자 지독한 복통과 아울러 기혈이 들끓는 고통과 함께 사라져 버렸지만 그 이전의 무공은 고스란히 남아 있었다.

더 나아가 그들은 무영에게 약속받은 금화 이백 냥에서 삼백 냥을 일시불로 받았다. 물론 녹기대원 중 정대룡과 장도익에게 포섭(?)된 이진옥과 조난향도 금화 오십 냥을 받았다.

그렇게 금화를 받은 지 반나절이 다 지나가고 있었지만 그들은 아직도 정신줄을 반쯤 놓고 있었다.

"흐흐흐―"

정대룡이 다시 실성한 듯한 웃음을 흘렸다.

금화도 믿어지지 않았고, 녹기대원 이진옥과의 혼인 언약도 믿어지지 않았다.

정대룡에게 포섭되어 이런저런 일을 도와준 녹기대 조원 이진옥은 급기야 정대룡과 혼인을 약속한 것이다.

"저놈… 저러다 신방을 꾸미기도 전에 실성하겠다. 누가 좀 말려라!"

부조장 막여상이 눈살을 찌푸리며 목소리를 높였다.

"놔두시오, 부조장! 이럴 땐 억지로 말리면 오히려 화가 받치니 충분히 실실대도록 놓아두는 게 좋소. 할 만큼 하고 나면 제정신이 들겠지요."

정대룡과 단짝인 장도익이 역성을 들었다. 그러나 그 역시 표정은 정대룡과 별다를 바가 없었다. 단지 실없는 웃음만 토하지 않을 뿐이었다.

"놔두는 건 놔두는 건데… 촌부는 죄가 없어도 촌부의 손에 들린 금덩이가 죄라는 말이 있지."

금화와는 동떨어져 냉정을 유지하고 있던 조장 방소추가

근심이 깃든 목소리로 말했다.

"그거야……."

장도익이 반박을 하려다가 말문을 닫았다. 방소추의 말대로 그럴 가능성이 있었기 때문이다.

"이제 우린 다른 조의 조장들도 무섭지 않소. 그러니 염려 놓으시오."

정대룡이 실실거리던 웃음을 여전히 입가에 매달고 화답했다. 그러자 다른 사람들도 고개를 크게 끄덕였다.

"자고로 등 뒤에서 날아오는 칼은 눈앞에서 찔러드는 칼보다 몇 배는 무서운 법이다. 하지만 그것보다 더 무서운 것은……."

방소추가 잠시 말을 끊고는 조원들을 둘러보았다.

조원들이 궁금증 가득한 눈으로 방소추의 입만 바라보았다.

"황금이란 것에는 요괴가 붙어 있다. 그 요괴가 오늘 밤 너희들 잠든 틈에 스멀스멀 기어나와 귓전에 대고 '저놈을 죽여라. 그러면 저놈이 가지고 있는 황금은 네 것이다' 라고 속삭일지도 모르는 일이다."

방소추가 냉정한 표정으로 무서운 사실 한 가지를 일깨우자 조원들의 얼굴에 번져 있던 실성한 듯한 웃음기가 순식간에 사라지고 긴장감이 그 자리를 대신했다. 그리고는 서로의 얼굴들을 쳐다보았다.

"서, 설마… 형님이 날 그렇게 하지는 않겠지요?"

시종 얼굴에 감돌던 실성한 듯한 웃음을 싹 지운 정대룡이 장도익을 보고 말했다.

"그, 그렇지. 그런데 조장이 말한 요괴가 밤중에 귓전에 대고 꼬드기면… 나도 모르게 그냥 콱!"

장도익이 손칼을 만들어 정대룡의 목을 사정없이 찌르는 시늉을 했다.

"어헉!"

정대룡이 기겁을 하며 뒤로 물러앉았다. 그리고는 금자가 든 보자기를 감싸 안았다.

"재물이 곧 근심 덩어리라고 하더니… 옛말 하나 틀린 게 없구나. 아이고!"

정대룡이 비로소 제정신이 든 듯 한탄했다. 그리고는 조장 방소추를 쳐다보았다.

"조장, 밤이 되기 전에 어떻게 좀 해보시오. 이러다간 오늘부터 잠자기는 다 틀린 것 같소."

정대룡이 울상이 되어 하소연을 했다.

다른 사람들도 비슷한 생각이 들었는지 방소추만 쳐다보았다.

"후후!"

방소추가 조원들을 쳐다보며 의미심장한 미소를 지었다. 그리고는 입을 열었다.

"원한다면 좋은 투자처를 하나 가르쳐 주겠다."

"투자처?"

"그게 어떤 건지 어서 말해보시오, 조장."

조원들이 이구동성으로 물었다.

"무영!"

방소추가 더욱 진한 미소와 함께 답했다.

"무영?"

"그게 무슨 말이오?"

조원들의 눈 사이가 좁혀지며 서로를 쳐다보다가 방소추의 입에 시선을 모았다.

"가지고 있어봐야 우환 덩어리만 되는 돈이니 그걸 모두 무영, 아니, 신임 방주에게 투자하란 말이다. 그럼 세 배로 부풀려 주겠다고 했다."

방소추의 대답에 실내에는 잠시 정적이 일었다.

"주겠다고 했다는 말은… 무영, 아니, 신임 방주가 먼저 그렇게 제의했다는 뜻이오?"

장도익이 물었고, 방소추가 아무런 답을 하지 않았다.

"어쩐지 약에 쓸려고 해도 문자는 쓸 줄 모르는 양반이 황금에는 요괴가 붙어 다닌다느니 뭐니 하더라니…… 그게 무영의 말이었군."

"그 인간이 전표도 아닌 금자를 바로 내어주는 것이 뜻밖이었는데 이런 꿍꿍이가 있었단 말이구나."

방소추의 의미심장한 미소가 어떤 뜻인지 짐작한 조원들이 하나둘 혀를 내두르며 목소리를 높였다.

"신임 방주씩이나 된 사람이 뭐가 아쉬워 우리 돈을 탐낸단 말이오? 그냥 조양방의 곳간에서 꺼내 가면 될 것 아니오?"

잠시 후 유성추 하만호가 이해가 안 간다는 표정을 하며 방소추를 쳐다보았다.

"그게 그놈, 아니, 신임 방주의 방식이지. 처음부터 무력을 행사하며 우리를 위협하여 수족을 만들지 않고 영단을 먹이며 우리의 도움을 받는 것도 그놈 방식이고…… 이번에는 돈이 필요한 모양이야. 나 같으면 그냥 곳간에서 꺼내 가겠지만 안 내키는 모양이더군."

"참 어렵게도 사는군. 젠장! 결국 이번에도 스스로 동참하며 투자하는 모양새가 되겠군요."

정대룡이 제일 먼저 금화가 든 보자기를 방소추 앞에 던졌다.

묵직한 금자 보자기가 요란한 소리를 내며 바닥에 착지했다.

"쩝!"

장도익도 입맛을 다시며 보자기를 던졌다.

"세 배는 확실하겠지요?"

유상도가 손가락 세 개를 들어 보이며 물었다.

“언제 거짓말하는 것 봤나?”

방소추가 되물었다.

“좋소. 세 배면… 졸부가 따로 없군. 앞으로 뭘 할지 모르겠지만 제발 죽지 말라고 하시오.”

유상도도 금자 보자기를 방소추 앞으로 던졌다.

그렇게 모두들 쓴 입맛을 다시며 금자 보자기를 방소추에게로 던졌다.

“자네들은 녹기대 여인들의 금자도 회수해 오게. 그녀들은 더 빨리 죽을 수도 있으니까 말일세. 하지만 그녀들에게는 한 닢 정도는 남겨두고 오게. 여자란 우리와는 다른 의식 구조를 가진 사람들이니 다 뺏어오면 삶의 의욕을 잃을 걸세.”

방소추의 말에 정대룡과 장도익이 인상을 쓰며 밖으로 나갔다.

방소추의 말이 지당했지만 자신들과는 의식 구조가 다른 그녀들에게 어떻게 설득을 하며 금자를 회수해야 할지 난감하기 그지없었던 것이다.

第三十四章
마지막 선물

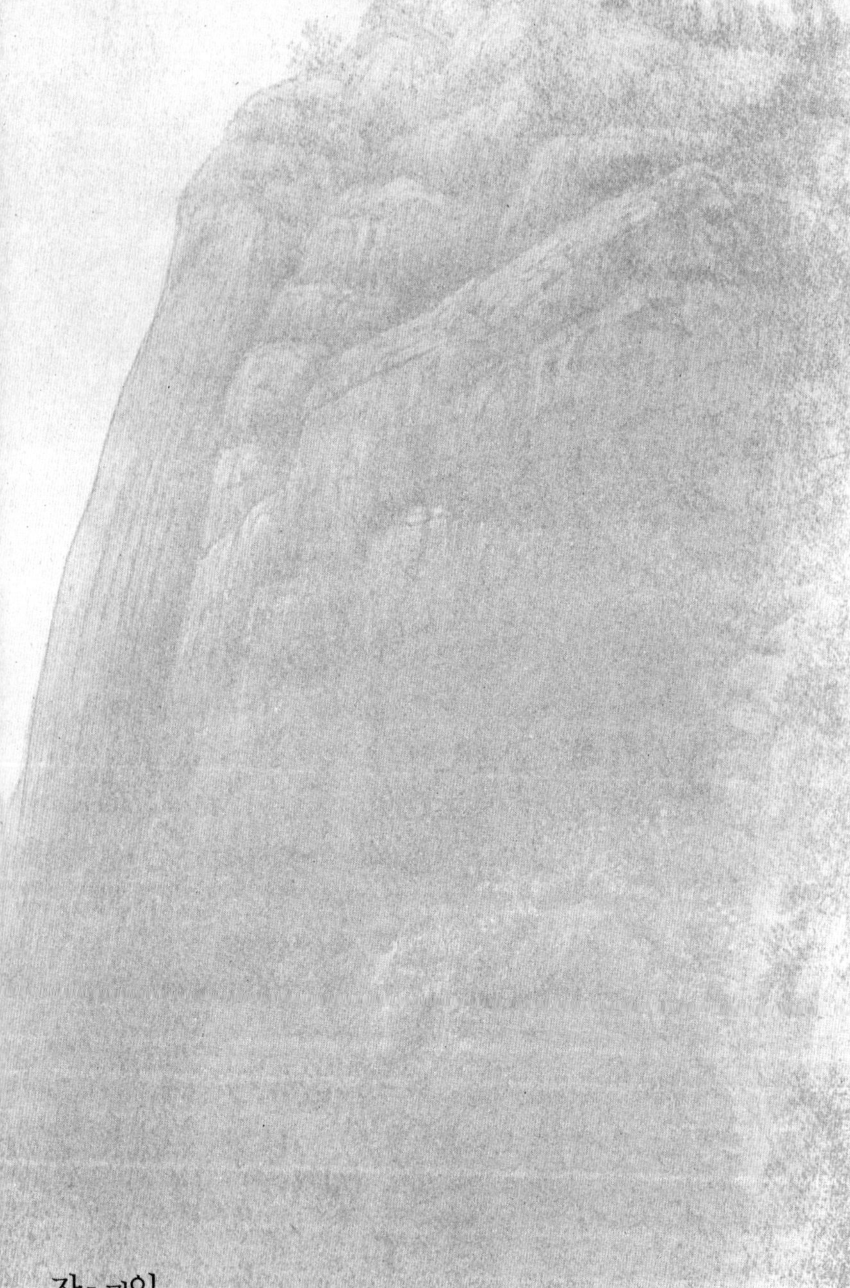

장흥관일

휘익—

휘리릭—

베고 찌르며 나아가는 검이 유유히 흐르는 물처럼 유려하고 끊임이 없었다.

그렇게 부드럽게 흐르다가 어느 순간 번뜩이며 쏟아내는 살초들은 개미새끼 한 마리 빠져나가지 못할 만큼 엄밀하고 날카로웠다.

휘익—

다시 검이 춤을 추었다.

검을 따라 검의 주인도 춤을 추고 있었다.

또 다른 초식 한 가지를 깨우치며 검무를 추고 있는 진설은 꿈을 꾸는 기분이었다.

방주의 몸에 뿌려진 독이 어떤 것인지 알았을 때 무영은 해독을 장담할 수 없다고 했으나 결국 해독이 되었다. 그로 인해 방주의 무공은 예전의 삼분지 일도 되지 않는 수준으로 떨어졌지만 천수는 누릴 수 있게 되었다.

진설은 그것만으로도 날아갈 것 같았다.

영원히 아버지라고 부르지 못해도 좋았다.

천수를 누리는 아버지 곁에서 아버지의 그림자가 되어 끝까지 갈 수 있다면 더 바랄 것이 없다. 그리고 앞으로 그렇게 될 것이다.

휘익—

휘리릭—

진설의 검이 더욱 빠르고 날카로워졌다.

무공을 삼분지 이 이상 잃은 부친을 지키자면 자신이 그만큼 더 강해져야 했다. 아울러 자신의 반쪽 그림자인 가원도 자신이 그렇게 만들 것이다.

이제 두 초식만 더 익히면 무영이 전해준 여섯 초식으로 된 그 가공할 검법은 모두 익히게 된다.

얼핏 보아도 남은 두 초식은 이미 익힌 네 초식을 다 합친 것보다 몇 배는 더 어려울 것 같았다. 그러기에 그것을 다 익히면 자신은 지금보다 훨씬 더 강해질 것이다. 그리하여 더욱 더 충실한 부친의 그림자가 될 것이다.

진설은 검병을 쥔 손바닥에서 피가 흐르는 것도 느끼지 못한 채 계속 검을 휘두르고 있었다.

그렇게 또 얼마나 더 검을 휘둘렀을까?

진설의 손에서 검이 빠져나가 쨍! 하고 바닥을 뒹굴었다.

"이게 왜……?"

눈을 동그랗게 뜬 진설은 비로소 손바닥에 피가 홍건하게 고인 것을 느꼈다.

"아파……."

뒤이어 손바닥에서 쓰라린 통증이 느껴졌다.

진설은 면포를 꺼내 반으로 찢은 후 손바닥을 감쌌다. 그렇게 한 후 다시 검을 잡았다.

조금 둔감한 느낌이었지만 그런대로 계속 수련을 할 수 있을 것 같았다.

다시 검을 휘두르려던 진설은 뒤에서 밀려오는 기이한 느낌에 얼른 검을 내렸다.

이런 기운을 풍기는 인간은 조양방 내에서 한 명뿐이었다.

얼음처럼 차가운 기운과 지옥 유황불처럼 뜨거운 기운이 뒤섞여 서로 상충되고 상쇄되면 저런 모호한 기운을 뿌릴 수 있을까 하는 생각이 들었다.

도저히 정의를 내릴 수 없는 사이한 기운을 풍기는 인간!

무영이 분명했다.

검을 내린 진설은 신형을 돌렸다.

그녀의 짐작대로 무영이 스산한 표정으로 그녀를 쳐다보고 서 있었다.

진설은 잠시 멍하니 무영을 마주 보았다.

대체 저 사내는 뭔가?

검을 휘두르며 명경같이 맑아졌던 진설의 뇌리가 삽시간에 실타래처럼 엉켜왔다.

처음 방주 앞에 불려왔을 때, 비루하게 쭈뼛거리는 모습은 회기대 이십조의 조원으로 추호의 부족함이 없었다.

그러다 정체가 발각 나고 등을 쭈욱 폈을 때 환골탈태한 것 같던 그 모습!

너무 놀라 검을 뽑을 뻔했다.

그 후로……

마귀 같기도 하고 신룡 같기도 하던 예측 불허한 행동들…….

그걸 어찌 말로 다 옮길 수 있을까?

그리고 이젠 임시직이긴 하지만 신임 방주가 되었다.

그것이 지금 마주한 저 사내의 신분이다.

진설은 염천기에게 하듯 깊이 허리를 숙였다.

"집어치우고… 따라와!"

무영이 마땅찮다는 듯 내뱉은 후 등을 돌렸다.

허리를 반쯤 숙이다가 무영의 고함에 동작을 멈춘 진설은 쓴 입맛을 다시며 총총히 무영을 따랐다.

"무슨 일인가요?"

한참 동안 걸음을 옮겼으나 말없이 걷기만 하는 무영을 향해 진설이 조심스럽게 물었다. 신임 방주라고 생각하니 어쩐지 더 어려워지는 느낌이었다.

"할 일이 몇 가지 있다."

무영이 조금 뜸을 들인 후 답했다.

"그게… 무언가요?"

진설이 약간 초조한 표정으로 질문했다. 당분간은 자신의 할 일이 없을 것이라는 생각에 네 번째 초식의 수련에만 전념하려고 했다.

"따라와 보면 알아!"

무영이 매정하게 말을 끊으며 걸음을 옮겼다.

"받아!"

신임 방주가 된 후 무영에게 배정된 방주전의 한 처소에 도착한 무영은 진설에게 두 권의 책자를 내밀었다.

"이게 뭔가요?"

진설을 건네받은 두 권의 책을 번갈아 쳐다보며 물었다.

"저번에 받은 것보다 더 진한 그림책이지."

무영이 악동 같은 미소와 함께 답했다.

진설은 자신도 모르게 눈살을 찌푸렸다. 그러면서도 절로 얼굴이 화끈거리는 것은 어쩔 수 없었다.

저번에는 가원과 같이 있어 덜했지만 이번에는 무영과 단 둘뿐이라 더욱 그랬다.

"지금쯤 느꼈을 테지만 나머지 두 초식은 훨씬 더 어렵다. 내 생각으로는 충분히 익힐 수 있을 것이라 여겼는데 그대들이 내 예상보다 더 멍청했어. 그래서 풀이를 다시 해놓았다."

무영이 진설의 왼손에 들린 책을 쳐다보며 말했다.

예전보다 더 세세한 풀이라는 말에 진설은 얼른 펼쳐 보고 싶은 마음이 굴뚝같았지만 무영 앞에서 펼칠 순 없었다. 보지 않아도 그건 춘화도 속에 감추어져 있을 것이기 때문이다.

"관심이 없는 모양이군. 들춰보지도 않는 걸 보니……."

진설의 심정을 짐작한 무영이 더욱 짙은 미소와 함께 말했다.

'망할 인간!'

진설은 속으로 험구를 토했다. 조금 정이 가다가도 이럴 땐 검을 빼들고 싶다.

"그리고 다른 한 권은 한 가지 심법에 관한 것이다. 시간이 많이 걸리겠지만 익히고 나면 그대들 내력은 지금보다 한참 증대될 것이다. 그럼 검도 훨씬 날카로워질 것이고……. 그렇게 되면 무공이 줄어든 그대 부친을 지키는 데는 무리가 없을 것이다."

무영이 진설의 오른쪽 손에 들린 책을 보며 말했다.

진설은 아무 말도 못하고 두 권의 책을 번갈아 쳐다보았다.

지금 그녀에게 가장 필요한 것은 그것이었다. 기회가 닿는다면 무영에게 무릎을 꿇고라도 청하고 싶었는데 무영이 먼저 그것을 건네주었다.

진설은 가슴이 벅차오르는 것을 느꼈다.

마지막 두 초식을 완벽히 익히는 것에 더해 내력까지……. 그러면 아버지는 더욱 확실히 지킬 수 있고, 그것은 자신의 가장 큰 행복이었다.

"고마워요!"

뒤늦게 진설은 인사를 차렸다.

무영이 피식 웃었다.

"그것 말고도 많을 텐데……?"

무영의 말에 진설은 비로소 아버지를 해독시켜 준 데 대한 고마움도, 조양방을 지켜준 데에 대한 고마움도 아무것도 표하지 못했다는 것을 깨달았다.

그러나 진설은 더 이상 아무 말도 하지 못했다.

그건 말로 하기에는 너무나 벅찼다. 아니, 애초에 말로는 불가능한 것이었다.

"자, 이젠 마지막 남은 일을 처리하기로 하지."

무영이 신형을 돌려 문 쪽으로 향하며 말했다.

쿵!

무영의 말에 진설은 갑자기 가슴이 무너지는 듯한 느낌이

들었다. 마지막이라는 그 말투에는 금방 떠날 듯한 기운이 스며 있었기 때문이다.

왠지 다리에도 힘이 빠지는 느낌이 들었다.

진설은 스스로도 예상치 못한 자신의 감정 변화에 주춤 걸음을 멈추었다.

옆에 있을 때는 차갑기 그지없고 어떤 때는 검을 빼들고 달려들고 싶을 만큼 감정을 자극하기도 했다. 그런데 떠난다고 생각하니 가슴이 왕창 무너져 내리는 듯한 느낌과 함께 굳건한 성벽이 사방에서 무너져 내리는 것만 같았다.

"뭐 하는 거야?"

뒤에서 따라오던 진설이 걸음을 멈춘 것을 느낀 무영이 고개를 돌리고는 눈살을 찌푸리며 물었다.

"떠나실 건가요?"

잠시 후 진설이 떠듬거리며 물었다.

무영이 대답 대신 피식 웃었다.

"그럼 여기서 평생 늙어 죽을 줄 알았나?"

"……."

"놈이 무리수를 두며 설치는 바람에 예상보다 일이 빨리 끝났어. 하지만 여유를 부릴 처지가 아니지. 적은 너무 거대하니까."

무영이 다시 걸음을 옮기며 말했다.

"무황성 전체를 상대로 싸울 셈인가요?"

진설이 긴장감이 감도는 목소리로 물었다.

"그렇게 되지 않길 바라야지. 내가 무슨 불사신도 아니고……."

진설의 걱정과는 달리 무영의 대수롭지 않은 목소리로 답했다.

진설은 다시 뇌리가 혼란스러워 오는 것을 느꼈다.

무영의 말은 여차하면 무황성 전체와도 싸우겠다는 뜻이다.

그건 말도 안 되는, 그의 말대로 불사신이 아니고서는 불가능한 일이다.

누구라도 그렇게 되었다가는 뼈도 추리지 못할 것이다.

설사 이 마귀 같은 사내라도…….

"언제… 떠날 건가요?"

진설이 조심스럽게 물었다.

"내일!"

무영이 짤막하게 답했다.

'내일…….'

내일이라는 무영의 말을 되뇌는 진설의 눈에서 자신도 모르게 눈물이 주르르 흘러내렸다.

깜짝 놀란 진설이 얼른 신형을 돌리며 눈물을 훔쳤다.

'내가 왜?

진설은 스스로도 어이가 없는 심정에 망연한 표정이 되었다.

목적이 있어 이곳으로 왔고, 곧 떠날 사람이라는 것은 처음부터 알았다. 그런데 막상 떠날 것이라고 생각하자 갑자기 눈물이 쏟아졌다.

이유가 있어서 흐르는 눈물이 아니었다. 자신도 모르게 그냥 쏟아진 눈물이었다.

'미쳤나 봐!'

진설은 자신의 머리를 쥐어박고 싶다는 충동을 느끼며 냉정하게 마음을 다잡고는 다시 신형을 돌렸다.

"언제부터 그렇게 감정이 헤픈 여자가 되었지?"

무영이 얼음장처럼 차가운 표정으로 진설을 쳐다보며 말했다. 그의 전신에서 심혼을 얼릴 듯한 기운이 일렁거렸다.

"네 부친이 죽었다면 나로선 더 편했다. 하지만 살려놓은 상태에서 일을 꾸며놓았으니 계속 살아 있어야 한다. 그런데 그런 헤픈 모습으로는 일을 그르치기 십상이다. 지금 당장 처음 봤을 때의 얼음장 같은 모습으로 돌아가라. 명령이다!"

무영의 차가운 목소리에 진설은 얼른 고개를 끄덕였다.

"그리고… 내가 죽으라고 하면 죽겠다고 한 약속, 기억하겠지?"

무영이 다시 물었다.

"기억해요."

진설은 무영의 명령대로 얼음장같이 차가운 목소리로 답했다.

"그럼 잠시 후엔 내가 시키는 대로 해!"

무영이 성큼 실내를 벗어났다.

무영이 진설을 대동하고 대회의실에 도착했을 때는 여러 사람이 장방형 탁자 주위로 모여 있었다.

진설은 주춤거리며 모인 사람들을 쳐다보았다.

모두 방주의 가족들이었다.

진설은 긴장된 표정을 하며 신형을 굳혔다.

방주와 장로들도 빠지고 오로지 방주 가족들만 모여 있다는 것이 의구심을 자아내게 했다.

이제까지는 무슨 중요한 일이 있으면 방주와 가족들, 그리고 장로들은 필히 참석했었다. 그런데 오늘은 방주는 물론 장로들 역시 한 사람도 보이지 않았다.

"모두 앉으십시오!"

무영이 자리를 권하자 방주의 장남 염지상을 비롯한 모든 가족이 자리에 앉기 시작했다.

자리에 앉는 그들은 의자를 끌어당기는 소리조차 내지 않고 쥐 죽은 듯이 조용히 앉았다. 그만큼 무영의 존재감이 그들을 압도하고 있었던 것이다.

"그대도 앉지?"

무영 뒤쪽에서 그림자처럼 시립해 있는 진설을 보며 무영이 말했다.

“아니에요. 저는…….”

진설이 고개를 흔들며 신임 방주의 호위 자리를 완고하게 고수했다.

“더 이상은 제 능력 밖이군요. 이 여인을 자리에 앉히는 것은 염 대인의 몫이 아닐까 싶습니다만…….”

무영이 입맛을 다신 후 염지상을 향해 말했다.

염지상이 묵묵히 고개를 끄덕였다.

“지홍(池洪)이 옆에 가서 앉거라!”

염지상이 진설에게 말했다.

진설은 눈을 동그랗게 뜨고 염지상을 쳐다보았다.

아무리 방주의 장남이었지만 아직까지 염지상은 방주의 밀착 호위인 자신이나 가원에게 이렇게 하대를 한 적이 없었다. 평대 내지는 각 부대의 대주들을 대하듯 예의를 지켜주었던 것이다.

“신임 방주님으로부터 네가 조양십이검의 후반부 세 초식도 익히고 있다고 들었다.”

염지상의 말이 이어지자 진설은 혼란에 빠졌다.

자신이 조양십이검의 후반부 세 초식까지 익혔다는 것은 자신과 방주 염천기만이 아는 사실이다. 그런데 그것을 무영이 알았다는 말이다. 그것은 무영이 진설이란 자신의 이름이 가명이라는 것을 알고 있다는 것만큼 충격적이었다.

“그 초식은 우리 가족에게만 전수되는 것이지.”

이어진 염지상의 말에 진설은 더욱 혼란스러운 표정을 하며 무영을 쳐다보았다. 그러나 무영의 뒷모습은 아무런 변화도 없었다. 정면으로 쳐다본다 해도 그의 얼굴에서 무언가를 읽어내기는 불가능하겠지만…….

"또한 네 이름이 진설이 아니라 지란이란 것도 이젠 알게 되었다."

휘청─

진설이 중심을 잃고 비틀거렸다.

비로소 이 자리가 어떤 자리인지 깨달을 수 있었다. 그리고 누구에 의해 이런 자리가 만들어졌는지도…….

진설은 자리를 박차고 뛰쳐나가고 싶은 충동을 느꼈다. 또한 무영을 향해 미친 듯이 주먹을 날리고도 싶었다.

자신의 존재로 인해 부친의 명성에 누가 된다면 차라리 죽는 것이 낫다고 생각하며 방주의 그림자 생활을 해왔다. 그런데 그것이 모두 수포로 돌아가고 있었다.

[죽으라면 죽겠다고 했지? 그러니 그대로 있어!]

막 뛰쳐나가려는 순간 무영의 전음이 귓전을 때렸다.

진설은 반사적으로 신형을 굳혔다. 무영의 차가운 음성은 그녀에게 있어 최면과도 같은 효과를 나타냈다.

"네가 그동안 조양방을 지키기 위해 얼마나 고군분투했는지 신임 방주님으로부터 모두 들었다. 네가 없었으면 장로들의 음모를 캐지도 못했을 것이고, 동생이 아버지를 중독시킨 사실을 확실히 증명하지도 못했을 것이다. 이번 네 노력은 아무것도 모른 채 당하기만 한 우리와는 비교도 할 수 없을 만큼 우리 가족다웠다.”

염지상이 부드럽게 진설을 쳐다본 후 다시 말을 이었다.

“하지만 그런 자격을 논하기 이전에… 너는 우리와 같은 핏줄이다. 그건 어떤 다른 말이 필요없는 것이다. 그러니 네 바로 위 오라버니인 지홍의 옆에 앉아라.”

염지상이 다시 진설에게 자리를 권했다.

주르르—

진설의 눈에 두 줄기 굵은 눈물이 흘러내렸다.

“으흐흑!”

바닥에 털썩 주저앉은 채 오열하는 진설의 머리에는 더 이상 아무런 생각이 떠오르지 않았다. 운명에 대한 원망도, 자신의 처지에 대한 서러움도 모두 사라졌다. 대신 너는 우리와 같은 핏줄이라는 염지상의 말만이 가득 자리 잡았다.

“흐흐흑!”

멈추려 했지만 오열은 봇물처럼 계속 터져 나왔다.

조금 전에만 해도 감정이 헤픈 여자라고 차갑게 고함을 치던 무영도 이번에는 아무런 제지를 하지 않았다.

“고모!”

염예령이 다가와 주저앉아 오열하는 진설의 팔을 잡아 일으켰다.

그제야 진설은 오열을 멈추고 옷소매로 눈물을 닦았다.

"그동안 뭔가 이상했어요. 항상 얼음장 같은 표정을 하고 있었지만 가원이란 사람과 달리 고모 옆에 가면 따뜻한 기운이 느껴졌어요. 고모니까 그런 거죠. 그렇죠?"

염예령이 더욱 친근한 목소리와 함께 진설을 이끌어 막내 숙부 염지홍 옆에 앉혔다.

"그래, 이제부터 가족 모임 때 네 자리는 항상 여기다. 그걸 잊지 말도록 해라."

염천기의 막내아들인 염지홍이 진설의 어깨를 두드리며 말했다.

진설은 대답을 못하고 다시 눈물만 쏟았다.

"됐다. 이젠 아버님께 가서 문안 인사를 드리며 오늘의 결정을 알려드리기로 하자. 아버님은 아직 모르고 계시지만 기뻐하실 것이다."

염지상이 천천히 자리에서 일어서자 다른 가족들도 자리에서 일어났다. 그리고는 하나둘 실내를 빠져나갔다.

'고마워요……'

무영 앞을 지나가며 진설이 잠시 걸음을 멈추고는 눈으로 자신의 마음을 전했다.

그녀의 눈에서 다시 눈물이 흘렀다.

무영의 눈살이 찌푸려졌다.

그의 눈이 '한 대 맞고 싶나?'라며 경고하고 있었다.

‘뭐야, 저 인간? 언제부터 눈으로 대화하는 사이가 됐어?

진설과 무영의 깊은 눈 맞춤 장면을 바라보는 염예령의 눈에는 기다란 쌍심지가 돋아나고 있었다.

第三十五章

동상이몽(同床異夢)

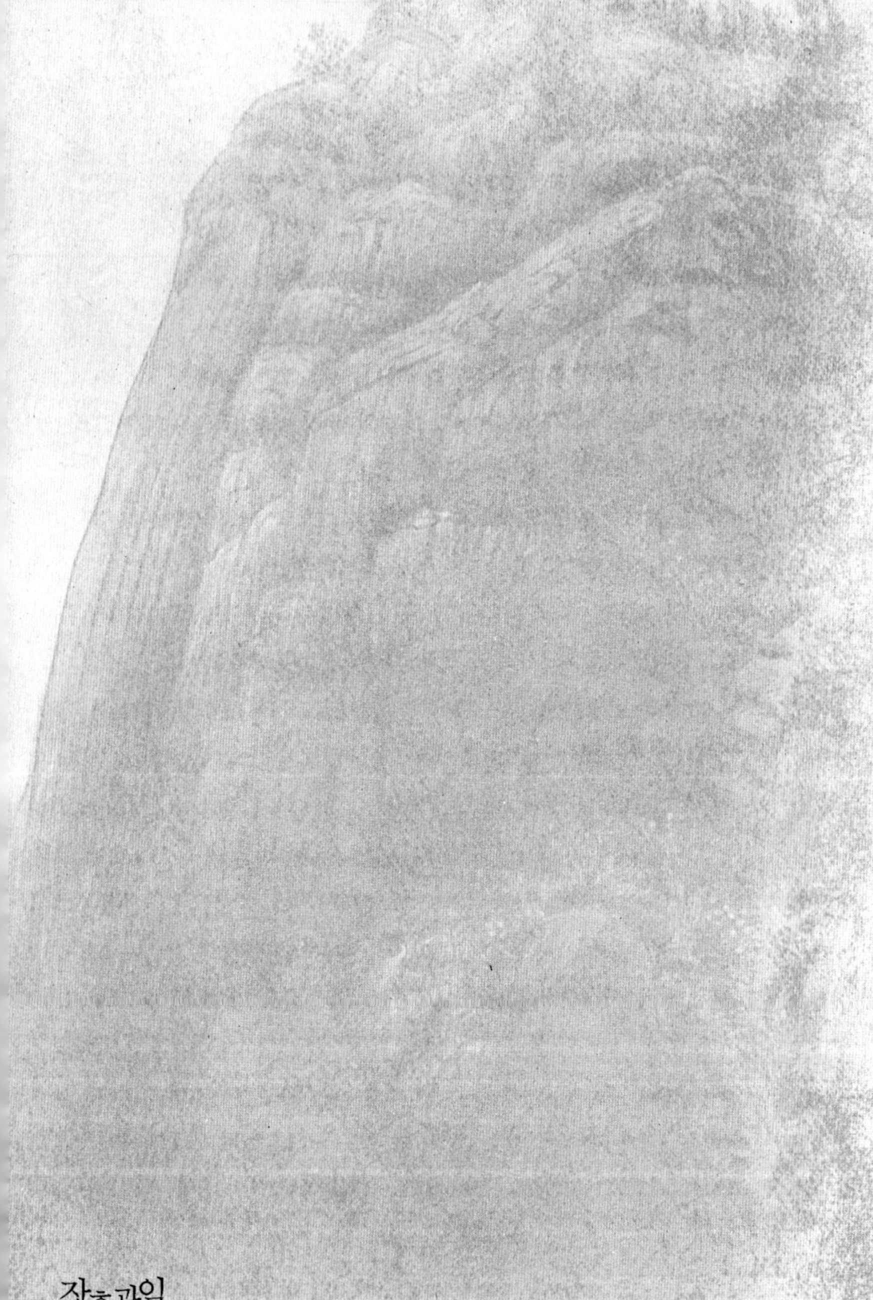

장홍관일

피잉—

핑—

느슨하던 낚싯줄이 갑자기 팽팽하게 당겨졌다. 동시에 낚싯줄을 중심으로 호수의 수면에 여러 개의 파문이 일었다.

"이크! 걸렸구나."

낚싯대를 나뭇가지에 걸어놓고 느긋하게 바위에 등을 기대고 있던 사내가 급히 몸을 일으켜 낚싯대를 잡았다.

"큰 놈이다! 오늘 점심 반찬은 저놈으로 찌개를 끓이면 되겠구나."

사내가 목소리를 높이며 낚싯대를 잡아챘다.

핑—

핑—

낚싯줄이 다시 팽팽하게 당겨지며 오히려 수면 속으로 끌려 들어갔다.

"아이쿠, 이러다 내가 잡히겠다!"

청년이 엄살을 떨며 재차 낚싯대를 잡아당겼다.

누가 봐도 그 말이 심한 엄살이라고 느껴지는 것은 청년의 체격 때문이었다.

청년의 체구는 거대하다고 표현할 수밖에 없었다.

보통 사람보다 머리 두 개는 더 위로 솟은 장대한 키에 체격 또한 아름드리 통나무 같았다.

그러나 어느 곳 한 군데 비대하거나 부족하지 않고 균형이 너무 잘 잡혀 날렵한 인상까지도 느껴지게 했다.

그야말로 거인 축에 속하면서도 혼자만 놓고 보면 전혀 그것을 느끼지 못하게 만드는 청년이었다.

"하하! 드디어 잡았다."

자신의 팔뚝만 한 잉어 한 마리를 낚아 올린 청년은 호쾌한 웃음과 함께 한 손을 뻗어 낚싯줄을 잡았다.

아직도 잉어는 발버둥을 치며 낚싯줄을 흔들고 있었다.

"이제 그만 얌전하게 굴어라, 이놈아. 오늘 네놈 운이 다해 내 점심 찌개 거리가 된 것이다. 그러니 그 운명에 그만 순응하거라."

청년은 버둥거리고 있는 잉어를 향해 점잖게 타이른 후 잉어의 입에서 낚싯바늘을 떼어냈다.

"그놈 참! 살이 통통하게 올라 맛이 더 나겠구나."

거인청년은 벌써 회가 동하는지 군침을 한번 꿀꺽 삼킨 후 잉어를 광주리 속에 집어넣었다.

푸드득—

잉어는 광주리 속에서도 자신의 운명을 거부한 채 발버둥을 치고 있었다.

"한 마리만 더 잡으면 아쉬운 대로 배를 채우겠군."

청년은 바구니 속을 쳐다본 후 다시 낚싯줄을 던졌다.

보통 사람이라면 한 마리만으로도 배가 터지게 먹겠지만 거대한 체구의 청년은 한 마리로는 부족한 모양이었다.

[대공자님!]

거인청년의 귓전으로 한 가닥 전음이 들려왔다.

잠시 안광을 빛낸 청년이 보일 듯 말 듯 입술을 움직였다.

[말하라.]

청년의 입에서도 전음술이 펼쳐졌다.

[삼공자님의 소식이 들어왔습니다.]

다시 전음이 들려왔다.

거인청년의 눈이 조금 더 강한 빛을 내뿜었다.

[벌써 무너뜨렸단 말인가?]

거인청년은 놀란 표정과 함께 전음을 펼쳤다.

[그게 아닙니다.]

[아니라니?]

[삼공자의 이번 임무는 완전한 실패로 귀결되었습니다.]

거인청년의 검미가 꿈틀 춤을 추었다. 예상외의 대답에 갈피를 잡을 수 없는 모양이었다.

[뿐만 아니라 지금 삼공자께서는 인질의 신세가 되었다고 합니다.]

보고를 하는 사내의 전음이 생기를 띠며 들려왔다.

거인청년이 똑같은 자세로 한참 동안 더 보고를 들었다.

[이상이 오늘 받은 정보의 전부입니다. 또 다른 소식이 전해지는 대로 즉시 보고드리겠습니다.]

그것을 끝으로 전음이 끊겼다. 그리고 전음으로 보고를 마친 사내의 존재감이 빠르게 사라졌다.

거인청년이 보고가 끝났음에도 불구하고 석상이라도 된 양 꼼짝도 하지 않았다.

"이걸 믿어야 하나… 말아야 하나."

한참 후 청년은 혼잣소리로 나직하게 중얼거렸다.

핑—

핑—

낚싯대에 다시 고기가 물렸는지 낚싯줄이 팽팽하게 당겨졌다. 그러나 더 이상 낚시 따위는 자신과는 무관한 일이라도 되는 듯 청년은 낚싯대 쪽을 쳐다보지도 않았다.

급기야는 고기가 미끼만 따 먹고 줄행랑을 쳤는지 낚싯줄
은 처음 드리워진 상태를 유지했다.

"정말 믿을 수 없는 일이야. 어떻게 그런 일이 벌어질 수가
있지?"

다시 한참의 시간이 지난 후 청년은 아까처럼 나직하게 중
얼거렸다.

그러던 어느 순간 청년의 눈빛이 반짝 빛을 토했다.

잠시 후 거인청년의 뒤쪽에서 인기척이 들려왔다.

"사형!"

탁하게 들리는 한줄기 목소리가 거인청년을 불렀다.

거인청년은 천천히 고개를 돌렸다.

"사제로군. 어서 오게."

거인청년이 빙긋 웃으며 자신의 옆쪽에 자리를 만들었다.

"꽤 큰 놈으로 한 마리 잡으셨군요."

탁한 목소리의 주인공은 거인청년이 마련해 준 자리에 앉
지 않고 물끄러미 광주리를 쳐다보며 말했다.

날카로운 눈매를 한 채 깔끔한 청색 무복을 걸친 사내는 스
물다섯 정도의 나이로 보이는 청년이었다.

훤칠한 키에 비해 약간 마른 몸매를 하고 있는 청년은 보통
사람과 같이 서 있다면 날씬하고 날렵한 느낌을 받을 만했지
만 낚시를 하고 있던 청년의 체격이 너무 컸기에 그에 비하면
반쪽짜리 인간 같은 느낌을 주었다.

"한 마리 더 잡아야 그런대로 점심 찬이 될 텐데… 오늘은 영 수확이 시원찮네. 하하!"

거인청년이 호탕한 웃음을 터뜨렸다.

단순히 기분 좋게 터뜨리는 웃음 같았지만 그 웃음소리는 맹수의 포효만큼 크게 들려 미끼를 보고 몰려오던 고기들이 화들짝 놀라 다 도망갈 것 같았다.

"못 말릴 사형의 식욕 덕분에 이 호수 속의 잉어들이 씨가 마르겠습니다."

마른 체격의 청년이 흐릿한 미소와 함께 말했다.

어딘지 모르게 음성과 비슷한 느낌을 주는 미소였다.

보일 듯 말 듯 얼굴로 번져 가는 미소는 순식간에 얼굴 전체를 짙은 안개에 뒤덮인 것처럼 보이게 했다.

아마도 이 청년의 웃음에서 무슨 생각을 읽어낸다는 것은 저잣거리에서 수십 년 동안 멍석을 깔고 앉아 있는 관상쟁이도 불가능할 것 같았다.

"너무 그러지 말게, 사제. 자네가 축내는 육류에 비하면 이건 약과가 아닌가? 나야 덩치가 이러니 그렇다 치더라도 자넨 그 호리호리한 몸매에 들어갈 데가 어디 있다고 그만한 양의 고기를 섭취하는지 정말 불가사의하네."

거인청년이 경이로운 눈으로 사제라는 청년의 전신을 훑었다.

"그거야 뭐, 워낙 소화 기능이 뛰어나다 보니……."

탁한 목소리의 청년이 아까보다 조금 더 짙은 미소를 피워 올리며 답했다. 그러자 더욱 탁하고 모호한 기운이 얼굴 전체로 번져 나갔다.

"그런가? 하하!"

거인청년이 너털웃음을 터뜨렸다. 그런 거인청년의 미소 끝에 이질적인 기운 한 가닥이 걸렸다.

'하루도 빠지지 않고 밤마다 홍화각(紅花閣) 여인들을 세 명 이상 불러 정사를 벌이려면 그 정도는 먹어야겠지.'

거인청년은 밖으로 보이는 너털웃음과는 달리 속으로는 진한 조소를 머금었다.

거인청년의 이름은 석모광으로 무림제일성인 무황성 성주의 대제자였다.

별호는 파천쌍부(破天雙斧)로 거대한 덩치에 걸맞게 두 자루의 도끼를 독문 병기로 쓰고 있었다.

큰 덩치에 따른 신력이 엄청나다 보니 두 자루의 도끼가 동시에 휘둘러지면 웬만큼 큰 전각 한 채는 순식간에 허물어진다는 말이 있을 정도였다.

그리고 탁한 음성과 탁한 미소의 청년은 무황성주의 둘째 제자이자 석모광의 사제인 사운혁이었다.

그는 무황성주가 하사한 천뢰검(天雷劍)이란 보검을 독문 병기로 하여 별호 역시 천뢰신검이었다.

검을 독문 병기로 하다 보니 검법으로는 제자 중 단연 으뜸

이었다. 그러나 검법뿐만 아니라 장법과 권법에 있어서도 수
련을 게을리하지 않아 절정고수의 반열에 들었다.

"그런데 어쩐 일인가? 낚시라면 질색을 하는 자네가 내 낚
시터까지 직접 왕림하다니?"

석모광이 정말 궁금하다는 눈을 하고 사운혁을 쳐다보았다.

사운혁의 눈이 잠시 흐릿한 빛을 발하며 석모광의 눈을 응
시했다.

흐릿하게 아무런 생각이 담겨 있지 않은 것 같았지만 그 시
선 속에는 석모광의 표정을 한 가닥도 놓치지 않겠다는 의지
가 담겨 있었다.

오래전부터 그걸 익히 알고 있는 석모광은 조금 전과 전혀
다름없는 표정으로 사운혁을 마주 보았다.

짧은 시간이 흐른 후 흐릿한 시선을 돌린 사운혁이 입을 열
었다.

"혹시 사제에 대한 소식을 들으셨는지요?"

"위 사제 말인가? 그 녀석이야 잘하고 있겠지. 워낙 영리한
녀석이니 어디 가든 걱정할 일이 없을 걸세."

석모광은 전혀 염려할 것이 없다는 듯 편한 표정과 함께 답
했다.

조금 전에 사제 위건화에 대해서 소상히 보고를 받았지만
석모광은 사운혁에게 시치미를 뚝 떼었다.

그건 서로가 가동하고 있는 정보망을 노출시키지 않으려

는 기만술이기도 했고, 상대에게 먼저 패를 내보이지 않으려는 의도이기도 했다.

그걸 아는지 모르는지 사운혁이 천천히 고개를 끄덕였다.

"하긴, 위 사제라면 안심해도 되겠지요. 사매와 수신오위까지 동행했으니 더더욱 걱정할 것이 없겠지요."

"그렇지. 몸으로 때우는 우리와는 달리 머리를 써서 모든 걸 해결하는 녀석이니 위험한 짓은 안 할 걸세. 그러니 걱정말고 자네도 여기서 낚시 구경이나 하게. 낚시는 싫어도 이곳에 앉아 호수 주변의 정경을 구경하다 보면 마음이 가라앉고 몸까지 개운해진다네. 그러니 그만 좀 앉게."

석모광이 재차 자리를 권했다.

"아닙니다. 낚시라면 쳐다보는 것만으로도 소화불량에 걸립니다. 위 사제가 없으니 골려먹는 재미도 없고 해서 와본 것입니다. 그럼 계속 많이 잡으십시오."

사운혁이 고개를 내흔들었다.

"그렇다면 할 수 없지. 난 한 마리 더 잡아야 배가 찰 테니 한 마리만 더 잡고 가겠네."

"알겠습니다. 그럼!"

사운혁이 가볍게 고개를 숙이고는 등을 돌려 멀어져 갔다.

사운혁의 모습이 완전히 사라지자 내내 사람 좋은 미소를 머금고 있던 석모광의 표정이 차갑게 굳어졌다.

"자네가 여기까지 왔다는 것은 자네 역시 사제 소식을 미리 듣고 나를 떠보러 온 것이 틀림없다는 말이지. 그렇다면 자네 정보력도 이젠 나에 버금간다는 말이군.”

석모광이 차갑게 중얼거렸다.

“그런데 이제 어쩔 텐가, 사제? 사제가 단신으로 오지 않으면 그놈이 위 사제를 죽인다고 했다는데……. 속으로야 쾌재를 외치며 위 사제가 죽기를 바라겠지만 보는 눈이 있으니 안 갈 수도 없을 테고… 가자니 절대로 안 내키고. 어떤 선택을 할지 정말 궁금하구만. 후후!”

석모광이 비릿한 웃음을 흘렸다.

“그런데 대체 어떤 놈이란 말인가? 어떤 놈이기에 위 사제의 계략을 철저히 분쇄하고 무공 대결에서도 사제를 완벽하게 꺾었단 말인가? 더구나 수신오위까지…….”

석모광의 눈에서 얼음장처럼 차가운 빛이 쏟아져 나오고 있었다.

호승심을 느껴 끓어오르는 눈빛이 아니었다. 짙은 경계심과 함께 무언가 음습한 계략을 꾸미는 사람들에게서나 뿜어져 나오는 그런 눈빛이었다.

“그리고… 주마룡 그놈이 살아났다니……. 큰 실수를 했군. 놈이 정체 모를 그놈과 한패가 되었단 말이시?”

석모광의 미간이 미미하게 좁혀졌다.

일이 제대로 풀리지 않을 때 나타나는 버릇이었다. 그러나 워낙 큰 체격에 가려 남들에게는 전혀 드러나지 않는 버릇이기도 했다.

"명이 길어 살아난 놈은 할 수 없는 일이고……. 둘째 사제를 그렇게 만든 그놈은 대체 어떤 놈일까? 첫째 사제에게 원한이 많은 걸로 보아 사도맹과 관련된 자임이 분명한데……. 사도맹은 어린애마저도 살려놓지 않았다고 들었는데… 대체 누굴까?"

석모광은 체격과는 전혀 어울리지 않게 깊은 생각에 빠져들었다.

그가 낚시를 즐겨하는 이유가 바로 그것이었다.

대체로 덩치가 크고 힘이 세면 우둔하고 어리석은 인간으로 여겨진다. 석모광 역시 그런 조건을 충분히 갖추었기에 누구나 일단은 그런 선입견을 가졌다.

보통 사람들이라면 그런 선입견을 탐탁하지 않게 여기며 그 선입견을 깨려고 노력하겠지만 석모광은 오히려 그것을 역이용하여 그들의 선입견을 더욱 고정시켜 주었다.

그렇게 함으로써 그들을 방심하게 만들고 그 방심의 틈을 자신의 공격 기회로 삼았다.

그렇다고 그 기회를 표시 나게 이용하진 않았다. 그랬다간 그들의 선입견이 대번에 바뀔 것이므로…….

석모광은 전혀 표시 나지 않게 우연처럼 가장하여 방심한 자들의 허를 찌르며 오늘에 이르렀다.

그렇게 자신에 대한 선입견을 철저히 이용하는 그였기에 무언가 깊이 생각하는 모습은 어울리지 않았다. 그래서 그가 깊이 생각할 일이 있으면 마을 몇 개를 합친 것보다 더 큰 이 곳 무황성 성내의 호수에서 낚시를 하는 것이다.

"어쨌든 기가 막히게 좋은 일이 아닐 수가 없군. 여우와 너 구리를 합친 것 같은 둘째 사제와 살모사 같은 첫째 사제를 동 시에 쳐 없앨 기회가 생길 것 같으니 말이야. 아울러 차후 위 험의 소지가 다분한 그놈도 같이 쳐 없애야 하겠지. 후후후!"

석모광은 여전히 낚싯줄에 시선을 고정시킨 채 차가운 웃 음을 흘렸다.

"저 곰은 역시 시치미를 떼는군!"

호숫가에까지 찾아가 석모광을 만나고 온 사운혁은 미세 하게 눈 사이를 좁히며 중얼거렸다.

사형 석모광이 먼저 사제 위건화의 소식에 대해 말한다면 자신도 솔직히 터놓고 의논을 하려 한 것인데 석모광은 끝까 지 의뭉을 떨며 아무것도 모른 척했다.

그런 인간에게 속을 열며 의논하고 싶지 않았다.

잠시 더 여유를 둔 후 온 무황성이 다 알게 될 때쯤 다시 찾 아가서 의논하는 게 낫다. 괜히 지금 위건화에게 일어난 일을 떠벌리면 자신이 위건화의 동태를 감시하고 있다는 사실을 밝히는 것이나 마찬가지다. 절대로 그럴 필요는 없다.

"정말 재미있게 돌아가는군. 후후!"

사형 석모광의 의뭉스런 태도에 잠시 기분이 나빴던 사운혁은 만족스런 웃음을 흘렸다.

최근 그는 사제 위건화에게 큰 위기감을 느끼고 있었다.

무공에 있어서는 별로 걱정할 것이 없었지만 그의 두뇌는 두려움을 느끼게 만들었다.

사천의 천가보를 무너뜨리면서 보여준 그의 능력은 자신은 물론 장로들까지 놀라게 만들었다. 이제껏 온순하고 수줍음 많게 보이던 사제의 모습은 모든 사람을 속이기 위한 가면이었음이 확실했다. 그래서 더욱 위기감을 느꼈다.

만약 조양방도 사천의 천가보처럼 쉽게 무너뜨리고 호북성의 흑도무림을 무주공산으로 만들어 모래알처럼 그 힘을 흩어놓았다면 사제의 입지는 사도맹을 무너뜨린 자신을 추월할지도 몰랐다.

그런 사제가 조양방에서 제대로 임자를 만나 초주검이 되었고, 이젠 생환마저 불투명하게 되었다.

그 소식을 처음 듣는 순간 박장대소를 터뜨릴 만큼 기뻤다. 그야말로 표정 관리를 하는 것이 그렇게 힘든 일인 줄 처음 알았다.

"그런데 대체 그놈의 정체는 뭐지?"

사제 위건화를 생각하며 희미하게 미소가 떠올랐던 사운혁의 표정이 급격히 굳어졌다.

사제 위건화가 그렇게 몰락한 것은 통쾌하기 짝이 없는 일이지만 위건화를 추락시킨 그놈이 자신을 지목하여 위건화를 구하고 싶으면 단신으로 만나러 오라고 한 것은 사형 석모광과 의논을 해야겠다는 생각이 일어날 만큼 정신을 번쩍 들게 하는 일이었다.

아직은 간단한 정보밖에 들어오지 않아 그곳의 상황을 완벽히 파악하는 것은 불가능했지만 사제를 꺾은 것은 물론, 사매의 수신오위까지 처치한 것은 큰 경각심을 불러일으켰다.

사운혁은 생각을 모았다.

"사도맹을 궤멸시키는 과정에서 원한을 산 놈이 분명한데……."

사운혁은 그때의 광경을 떠올려 보았다.

차갑게 식어 있던 피가 서서히 끓어오르는 듯한 느낌이 들었다.

"흐으……."

사운혁의 입가로 한줄기 음산한 음성이 흘러나왔다.

신음 같기도 하고 웃음 같기도 한 소리였다.

활활 타오르는 불길 속에서 들리는 아비규환의 비명 소리들!

특히 찢어지는 듯한 여인의 비명 소리들!

그 목소리를 떠올린 사운혁의 얼굴에 열락의 불길이 활활 타올랐다.

고통에 몸부림치는 벌거벗은 여인들의 몸짓과 비명 소리!

그것은 세상의 그 어떤 것보다 아름답고 황홀했다.

기막힌 방중술을 익힌 여인들의 몸짓과 감창도 그것에 비할 바가 못 되었다.

"흐흐!"

사운혁은 다시 음산한 웃음을 흘렸다.

그때의 일을 계기로 자신의 무공은 한 단계 더 성취를 이루었다.

마련을 무너뜨리며 비밀리에 입수한 비급을 사도맹을 궤멸시키는 과정에서 아무런 거리낌 없이 시도해 볼 수 있었다.

그로 인해 사도맹의 젊은 처녀들이 수없이 목숨을 잃었지만 자신은 주화입마의 위험에서 벗어나며 극히 익히기 힘든 마공 한 가지를 연성할 수 있게 되었다.

그런 과정에서 원한을 품은 인간이 자신에게 복수를 하고자 조양방에서 사제의 일을 방해하며 사제를 인질로 잡고 있는 것이 틀림없다는 생각이 들었지만 누구인지는 도저히 짐작이 가지 않는다.

그때 자신이 희생시킨 사도맹의 생명이 너무나 많아 도저히 짐작을 불가능하게 했다.

"어쨌든 사제를 그렇게 만든 것을 보면 위험하기 짝이 없는 놈인데……."

사운혁의 얼굴에 약간의 긴장감이 어렸다.

최근 자신이 잔뜩 경계심을 느끼고 있던 사제를 무공이나 두뇌 싸움 양면에서 완벽하게 제압한 놈이라면 벅찬 상대일지도 모른다. 아직은 마련에서 얻은 마공을 다 익히지 못했기에 그럴 수도 있었다.

"후후!"

긴장으로 굳어졌던 사운혁의 표정이 한줄기 미소와 함께 봄눈 녹듯 풀어졌다.

"이번 일을 저 곰탱이를 제거할 기회로 이용해야겠군. 후후!"

사형 석모광을 떠올린 사운혁이 얼굴 가득 혼탁한 미소를 피워 올렸다.

"초연!"

미소를 지운 사운혁이 전방을 향해 짤막하게 소리를 질렀다.

스스스—

바닥에서 한줄기 연기가 피어오르듯 대기가 일렁거렸다. 그리고 그 자리에 한 인영의 모습이 생겨났다.

온통 흑색의 무복에 검은 복면을 쓴 인영이었다.

"할 일이 하나 생겼다!"

"하명하십시오, 주군!"

검은 복면의 인영이 고개를 숙이며 회답했다. 그 목소리는 이십대 초반 정도의 여인의 것이었다.

"지금 즉시 교룡각주를 만나야겠다. 은밀히 연락을 취하라!"

"존명!"

검은 복면의 여인이 나타났을 때와 비슷한 모습으로 연기가 흩어지듯 사라졌다.

‘흐으음—’

깊고 낮은 한숨 소리가 뇌리를 가로질렀다.

그러나 그 소리는 뇌리에서만 울려 퍼질 뿐 입 밖으로는 한 점도 새어 나오지 않았다.

‘대체 이게 무슨 수법인가?

조양방의 지하 뇌옥 속에 갇힌 위건화는 도저히 이해되지 않는 현상에 기가 막히는 심정이 되었다.

무영과의 대결에서 처참하게 패한 후 여러 곳이 점혈당한 채 뇌옥 속에 처박혔다.

하루 종일 빛 한 점 들어오지 않는 지하 뇌옥 속이라 시간을 가늠하기 힘들었지만 족히 이틀은 더 지난 것 같았다.

이틀!

혈이 봉해진 상태에서 이틀이면 거의 치명적인 시간이다.

봉해진 혈 때문에 근육이 굳고 그 여파로 혈관마저 쪼그라들어 혈액의 순환이 힘들어지며 결국은 목내이처럼 굳어 죽고 만다.

점혈당하고 최소한 이틀이 더 지난 것 같으니 자신 역시 그렇게 되어야 한다.

지금쯤이면 근육이 한 가닥도 남김없이 꼬이고 뒤틀려야 했으며, 혈관마저 말라비틀어진 칡넝쿨같이 되어 목숨을 옥

죄고 있어야 했다.

그런데 이건 무슨 곡절인지 도무지 이해가 되지 않았다.

혈이 봉해져서 손가락 하나 까딱할 수 없지만 근육이 굳거나 뒤틀리는 느낌은 전혀 없다. 오히려 시간이 갈수록 근육은 휴식을 취한 것처럼 더 편해지는 기분이었다. 그러나 여전히 몸을 움직이거나 진기를 끌어올리는 것은 불가능했다.

그야말로 악마적인 점혈법이었다.

다시 한 번 진기를 끌어올리려 긴 숨을 들이마시던 위건화는 모든 시도를 포기했다.

아무리 해도 진기는 끌어올려지지 않고 아득한 절망감만 느껴졌다.

위건화는 속으로 저주를 퍼부었다.

어쩌면 놈은 이대로 계속 점혈을 한 상태에서 둘째 사형 사운혁이 나타날 때까지 놓아둘지도 모른다는 생각마저 들었다.

그렇게 놓아두어도 몸이 굳어져 병신이 되거나 죽지 않으니 놈은 배짱을 부리며 방치해 둘 수 있는 것이다.

위건화는 산송장이나 마찬가지인 자신의 처지를 생각하니 혈이 막혀서가 아니라 기가 막혀 죽을 지경이었다.

'이 개자식아!'

위건화는 발광을 하며 고함을 질렀지만 그 목소리는 자신의 뇌리 속에서만 울릴 뿐 입 밖으로는 한 가닥도 새어 나가지 않았다.

이럴 바에야 차라리 죽는 것이 낫다는 생각이 들었다. 그러나 내력을 끌어올릴 수 없으니 심맥을 끊어 생을 포기할 수도 없었고, 몸이 움직이지 않으니 혀를 깨물어 자결을 할 수도 없었다.

정말로 기가 차서 죽을 노릇이었다.

"큭큭!"

기가 막혀 죽기 일보 직전, 문이 열리며 기괴한 웃음소리가 들려왔다.

뇌옥에 갇힌 후 처음으로 들리는 사람의 웃음소리였기에 그 웃음소리에 호의가 섞여 있지 않고 오히려 악의가 가득 차 있다는 것도 마다 않고 위건화는 와락 반가운 마음부터 들었다.

치익—

무언가 부딪치는 소리가 들리며 빛이 작렬했다.

화섭자에서 불꽃이 일고 횃불이 밝혀진 것이다.

어둠 속에서 며칠을 지낸 눈은 한 개의 횃불마저도 감당하지 못했다. 그 불빛만으로도 동공이 탈 것 같아 위건화는 얼른 눈을 감았다. 다행스럽게도 눈만은 움직일 수 있었다.

잠시 후 눈을 떴을 때 위건화는 움찔 놀라며 눈을 끔벅거렸다. 횃불을 든 건장한 인간의 얼굴 반쪽이 황금빛으로 번들거렸기 때문이다.

위건화는 오랫동안 어둠 속에 파묻혔던 자신의 눈이 착각을 일으키는 것이 아닌가 싶어 다시 눈을 몇 번 더 끔벅거렸다.

거듭 눈을 끔벅거렸지만 그 모습은 변함이 없었다. 인영의 얼굴은 반쪽이 황금 가면으로 가려져 있었다.

"큭큭!"

황금 가면으로 얼굴의 반을 가린 인영이 한 번 더 웃음을 터뜨렸다. 여전히 악의와 심술이 가득 찬 웃음이었다.

"꼴좋구나, 위건화. 무황성주의 셋째 제자란 위명이 무상하구나. 후후!"

사내의 입에서 독설과 함께 조소가 흘러나왔다.

위건화는 지독한 수치심에 얼굴이 달아올랐다. 안면 근육은 조금도 움직이지 않았으나 열기가 얼굴로 치미는 것은 느낄 수 있었다.

"어이쿠! 이게 무슨 냄샌가? 오줌까지 지린 건가?"

가면사내 부연호가 반쪽 얼굴로 과장스럽게 인상을 쓰며 코를 킁킁거렸다.

위건화는 얼굴로 모인 열기가 두 배는 더 뜨겁다는 것을 느꼈다.

죽음보다 더한 치욕이었다.

그러나 인간이기에, 그리고 진기의 유통이 봉해진 상태였기에 그 자연스런 현상을 비인간적인 방식으로 억누를 수도 없었다.

"다행스럽게 더한 것은 쏟지 않은 모양이군! 쿡쿡!"

부연호는 다시 과장스런 조소를 흘리며 위건화 곁으로 다가갔다. 그리고는 위건화의 얼굴 가까이 횃불을 디밀었다.

위건화는 눈을 감아 와락 밀려드는 횃불의 광채를 피했다.

"지금까지 점혈된 상태라면 죽었어야 하는데…… 어떻게 이렇게 생생하게 살아 있지? 거참, 별 요사스런 재주도 다 보겠군."

부연호는 위건화의 몸 이곳저곳 쿡쿡 찔러보다가 어느 곳 한 군데도 굳어 있지 않은 것이 신기한 듯 고개를 갸웃거렸다.

"어디……?"

부연호는 손가락 끝으로 위건화의 가슴 혈 한곳을 쿡 찌르며 진기를 유통시켰다. 그렇게 하여 무영이 봉해놓았던 혈을 풀어보려는 것 같았다.

"뭐야, 이거? 왜 안 돼?"

부연호는 눈살을 찌푸리며 다른 한곳의 혈에 검지를 쿡 찌르며 다시 진기를 유통시켰다.

"어쭈? 이것도 안 통하네?"

부연호는 오기가 이는 듯 다시 손가락 끝을 곧추세웠다.

'이, 이 미친 새끼……!'

위건화는 속으로 비명을 질렀다.

부연호가 손가락 끝으로 가슴을 찌르는 순간 혈맥 속으로 한줄기 음산한 기운이 밀려들었고, 그것은 곧이어 지독한 고통으로 변해 전신을 치달렸다.

해혈이 아니라 차라리 지독한 고문이었다.

그 손가락질 두 번에도 정신이 아득한데 놈은 본격적으로 해볼 모양인 듯 팔을 걷어붙이고 있었다.

쿡!

"얼씨구?"

쿡쿡!

"얼씨구?"

쿡쿡쿡!

"왜 이렇게 복잡하게 해놓은 거야?"

부연호는 저잣거리 아낙들이 삿대질을 하듯 계속해서 위건화의 전신 대혈을 찔러댔고, 위건화는 공포에 질린 눈으로 얼굴색이 하얗게 바래져 갔다.

"진기가 약했나? 그렇다면 좀 더 강하게 진기를 불어 넣어야겠군."

부연호는 '흐으읍!' 하고 힘차게 대기를 빨아들였다. 그리고는 손끝에 진기를 모았다.

우우웅—

부연호의 검지 끝에서 무거운 진동음이 흘렀다.

이 무거운 진기가 아까처럼 흘러들면 위건화는 지옥 같은 고통을 느낄 것이다.

'쿡쿡!'

부연호는 악마 같은 웃음을 속으로 삼킨 후 위건화의 가슴 혈 한곳을 건드렸다.

'크으윽!'

위건화는 속으로 목이 찢어져라 비명을 질렀다.

내력을 끌어올려 대항하지 못하는 상태에서 부연호의 해혈 수법은 지옥 같은 고통을 느끼게 했다. 아니, 처음부터 해혈을 하자는 것이 아니었다. 해혈을 하는 척하며 이 악마 같은 놈은 고문을 하고 있는 것이다.

'대체 이놈의 정체는 또 뭔가?'

위건화는 비로소 궁금증이 일었다.

악마의 아들처럼 반쪽짜리 얼굴을 하고 느닷없이 나타나 다짜고짜 고문을 하는 통에 미처 그 근본적인 의문마저 떠올리지 못했다.

비록 자신이 점혈당했다고 하나 손끝 하나 갖다 대는 것만으로 이런 처절한 고통을 안겨줄 줄 아는 인간이라면 결코 평범한 인간은 아닐 것이다.

'그놈의 친구일까?'

그 생각을 끝으로 다시 지독한 고통이 밀려들었다.

위건화는 죽음을 의식하기 시작했다.

이러다간 고통을 견디지 못한 혈맥이 터져 나가며 폐인이 될 수도 있을 것 같았다.

비명이라도 입 밖으로 터뜨리면 좀 덜할 것도 같은데 지독한 점혈 수법은 눈곱만큼도 그런 여유를 주지 않았다.

"어떤가? 뭔가 조금 풀린 것 같나?"

부연호가 궁금증 가득한 눈으로 위건화를 내려다보았다.

‘이 악마 같은 새끼!’

이제껏 지독한 고문만 해놓고 혈이 풀렸냐고?

혈이 풀린다면 네놈부터 제일 먼저 죽이고 말 것이다.

“이런, 이런! 대답을 못하는 것을 보니 별 효력이 없는 것 같군. 그렇다면 좀 더 강하게 해야 하나?”

부연호는 입맛을 다시며 다시 손끝에 진기를 모았다. 그리고는 위건화의 명치 혈 한곳을 찔렀다.

“컥!”

처음으로 위건화가 비명을 토했다. 그만큼 고통이 지독했기 때문이다.

주르르—

비명을 토한 위건화의 입에서 선혈이 흘렀다.

“오호라! 이제야 효력이 나타나나 보군. 입에서 소리도 나오고 막혔던 탁혈도 터져 나오는 것을 보니…….”

부연호가 반색을 하며 다시 손을 들어 올렸다.

그 순간 위건화의 눈이 크게 부릅떠졌다.

부연호의 손에 있는 초승달 모양의 점을 보았기 때문이다.

저런 점은 흔하지 않다. 그리고 손등에 저런 점이 있는 인간에 대해서 이미 여러 번 소문을 들었다.

‘주마룡!’

위건화는 부연호의 별호 한 개를 떠올렸다. 그리고는 지독한 혼란에 빠져들었다.

마련의 후계자 중 한 명인 부연호!

그는 분명히 죽었다고 들었다. 마련을 치며 제일 먼저 죽여야 할 인간이었기에 첫째 사형이 누구보다 확실히 죽였다고 했다.

그런데 이곳에서 자신에게 고문을 가하고 있다니?

온통 헝클어져 오는 심정이 고통마저 일순간 멀어지게 했다.

놈이 죽지 않고 살아났다면?

그리고 그 마귀 같은 놈과 한패가 되었다면?

위건화의 뇌리에서 무언가 와르르 무너지는 소리가 들려왔다.

그놈 한 놈만 해도 살아나기 힘든 상황이다. 그런데 이놈까지 가세한다면 실낱같은 희망마저도 사라지고 만다.

대사형과 이사형이 자신을 구하러 올 것이라는 생각은 애초에 버렸다.

마주 앉아 있을 때는 친형제처럼 다정하게 굴지만 촌각의 빈틈이라도 생기면 그 속으로 사정없이 비수를 찔러 넣을 사람들이었다.

아마도 그들은 지금 기쁨의 축배를 들고 있을 것이다. 그리고 어떻게 하든지 이 기회를 이용해 자신을 확실히 제거할 계획을 짜고 있을 것이다.

사부 역시 마찬가지일 것이다.

절벽에 떨어진 사자 새끼를 바라보듯 스스로 기어오르기를 바라며 방관할 것이다. 그렇게 사라져 간 제자가 벌써 네

명이었다. 그 결과 일곱 명의 제자 중에서 세 명만 살아남았다. 그 세 명 중에서도 두 명은 잉여(剩餘) 제자이다. 치열한 경쟁에서 하나만 살아남길 원한다.

그 하나라도 온전할까?

'후후후!'

위건화는 속으로 자조의 웃음을 흘렸다.

최근 들어 세 명의 제자마저도 모두 장식품이 아닐까 하는 생각이 들었다.

아주 조심스럽게 뇌리를 스친 생각이지만 최근 그 생각은 점점 더 깊이 뿌리를 내려가고 있었다.

그 생각을 확신하는 순간, 자신 역시 그에 맞게 행동할 계획을 세우고 있는 중이었다.

그러나 그 모든 것은 이놈들 손에서 살아나야 가능한 것이다.

위건화는 다시 부연호의 손등을 쳐다보았다.

"왜? 내 손이 탐이 나는가? 그렇지 않으면 무언가 짚이는 것이라도 있는가?"

부연호는 위건화의 목덜미를 잡아 올렸다.

"계집애같이 예쁜 목이군. 한번 핥아주고 싶을 정도로……."

부연호가 물어뜯기라도 할 듯한 잔인한 미소를 머금은 채 위건화의 목을 응시했다.

"이대로 죽여 버리고 싶은 생각이 굴뚝같은데……."

위건화의 목덜미를 잡아 올린 부연호의 두 눈에 짙은 살기가 불길처럼 이글거렸다. 그대로 가만 놔두면 정말 위건화를 죽여 버릴 것 같았다.

"죽고 싶나?"

등 뒤에서 무영의 목소리가 들리자 부연호는 흠칫 움직임을 멈추었다.

"그럴 리야 있나. 그때 반쯤 죽은 것도 죽을 맛이었는데… 또 그럴 수야 없지."

위건화의 몸을 바닥에 팽개친 부연호가 건들건들 미소를 지었다. 그것은 마치 못된 짓을 하다가 들킨 아이 같은 미소였다.

"떠나야 할 시간이네. 이제 그만 가도록 하지."

무영이 천천히 등을 돌렸다.

"어디로 갈 텐가?"

위건화를 들어 올려 허리에 끼며 부연호가 물었다.

"무당산으로!"

무영이 짤막하게 답했다.

"젠장! 꼭 지옥으로 곧장 가야 하나?"

적은 너무나 거대했다. 그런 적을 상대로 저돌적이다 할 만큼 거침없는 무영의 행보가 우려스럽기까지 했다.

무황성주의 둘째딸을 초주검으로 만들고 그 호위마저 세 명을 고혼으로 만들어 버린 행위는 무황성을 발칵 뒤집기에 충분했다. 아마도 이젠 벌떼처럼 적이 들이닥칠 것이다.

자신이라면 이런 상황에서는 조금 뒤로 물러서서 몸을 사리

며 사태의 추이를 지켜보려고 할 것이다. 그러나 무영은 조금
도 흔들리지 않고 지옥불 속으로 뛰어들 준비를 하고 있었다.

부연호는 질린다는 듯 고개를 저었다.

"이 세상 어느 곳이든 이미 지옥이 아니었나?"

무겁게 가라앉은 무영의 목소리에는 추호의 망설임도 없
었다. 그곳으로 가지 않으면 오히려 더 큰 지옥을 맛볼 것 같
다는 조바심마저 엿보였다.

"깜박했군. 지옥 문턱을 넘은 지 오래였는데 말일세."

"어차피 가야 할 길이라면 한시라도 빨리 떠나는 것이 낫네."

"알겠네. 곧장 가기로 하지."

고개를 끄덕인 부연호가 허리에 들쳐 든 위건화를 쳐다보
았다.

"자네에게도 지옥 구경을 제대로 시켜주겠네. 그동안 지옥
을 만드는 데만 온 심혈을 기울였겠지? 이제부터는 자네들이
만든 지옥이 어떤 것인지 몸소 체험해 보게나. 아주 따끈따끈
하고 짜릿짜릿할 걸세. 후후후!"

부연호의 낮은 목소리가 복도에 울려 퍼졌다.

『장홍관일(長虹貫日)』 4권에 계속…

武林君子
무림군자
장진영 新무협 판타지 소설
무림은 그를 영웅이라 불렀고,
그는 자신을 소인이라 칭했다.
"사람이 가져야 할 것 중 가장 기본은 인의(人義). 자신이 정한 바를 흔들림없이 나아가는
것이 바로 군자의 도(道)다."
얽히고설킨 그들의 인연에 의해 시간의 수레바퀴가 돌아가고,
숨죽였던 무림이 풍룡과 함께 웅대한 날개를 펼친다!!

유행이 아닌 자유추구 -
WWW.chungeoram.com
Book Publishing CHUNGEORAM

검의 길을 걷길 원했지만, 태생적인 한계로
꿈을 접어야 했던 치유사 랑스.
그러나 결코 접을 수 없었던 지고(至高)의 꿈을 위해,
자신이 가진 모든 재능을 이용해 최강의 적과 맞서 싸운다!

총탄과 포탄과 마법이 난무하는 전장의 한복판을 지배하는 최강의 전력 기사!
그런 기사에 맞서기 위해, 랑스는 금지된 힘에 손을 대고야 마는데……

과학과 문명이 발달된 새로운 판타지의 전쟁!

THE PANDORA COMPANY

PANDORA

판도라

류승현 퓨전 판타지 소설

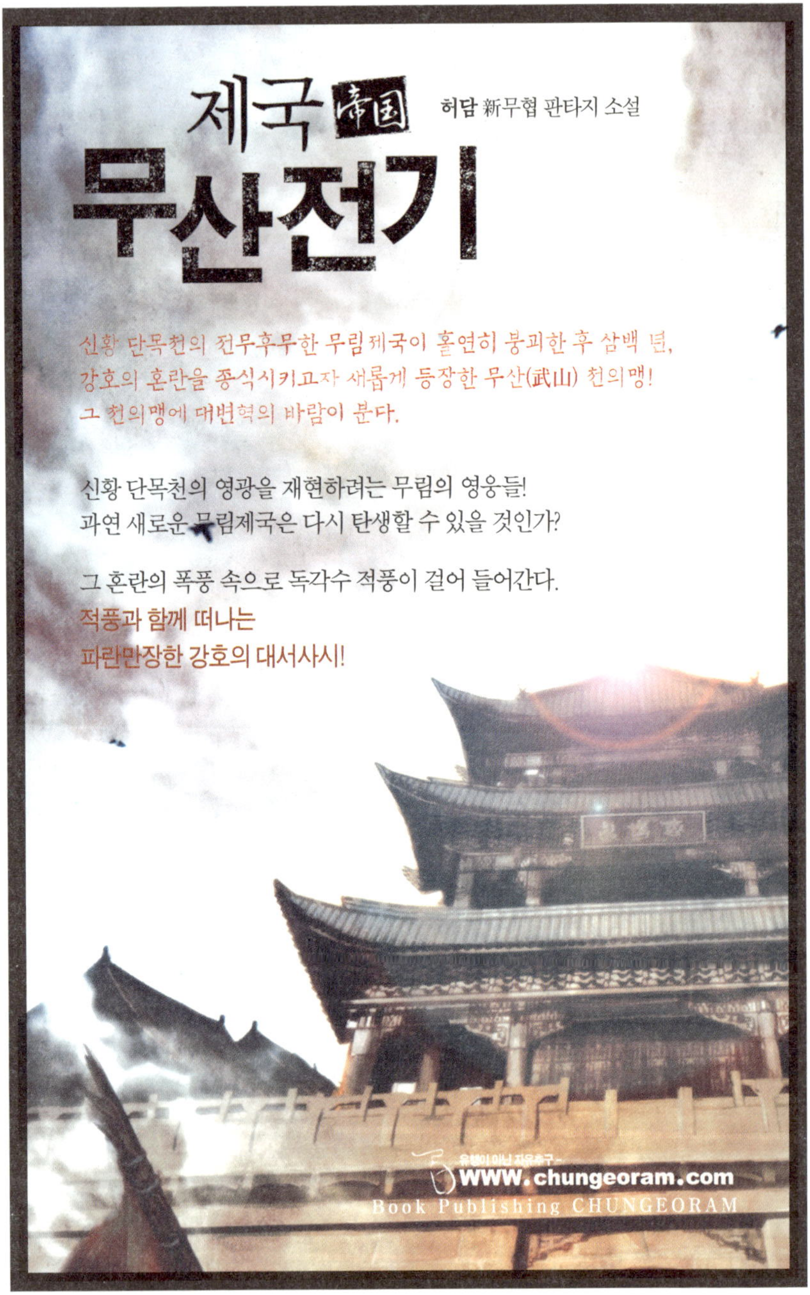

제국 帝國
무산전기
허담 新무협 판타지 소설